EX LIBRIS

EX LIBRIS

童話
如數家珍

遇見我的天使男孩

王家珍——著　陳佳蕙——繪

推薦序

相遇，是久別重逢

黃文輝　兒童文學作家

「我們是好朋友，即使天涯海角，也會永遠惦記你，關心你。」讀到書中這一段話，我聯想到搬回臺灣這十幾年，常常在年節收到家珍寄來的實體卡片。她在卡片上用力道十足、墨色明亮的字跡，表達她的惦記、關心與祝福，往往填滿卡片所有空白處，有如她滿溢的情誼。

除了卡片，毫無例外的，家珍還會附寄上禮物，如摺紙、芋頭、葫蘆、地瓜、書本、印章、甚至還有雕刻刀。我發覺，家珍將這樣的濃情厚意，灌注在這本書中的每一個人物身上（除了馬戲團的團長），他們充滿愛心、富有人情味、彼此關懷、也經常贈送禮物。

就在這般溫柔美好的情感基調下，家珍寫下優美的愛情故事，要為書中只與想像插畫人物為伴的孤單插畫家，找到一位生命中的伴侶。

我自己作為一個兒童文學作者，深知創作愛情故事的困難，畢竟「為兒童書寫」的文學領域中，「愛情」不是容易處理的題材，這可由眾多兒童文學經典中，如《小美人魚》這樣愛情故事寥寥可數可以看出。但家珍成功克服困難，完成一部難得一見的愛情兒童文學作品，故事中處處醞釀思念、徬徨、懷舊、等待等愛情元素，卻以童話意蘊和情調呈現，令人悸動之餘，同時覺得溫馨可愛。

書中，天使、人類、動物，真實和想像的事物共聚一堂、彼此互動，通常要掌握這樣的情境並不容易，難免出現不合理，或難以自圓其說之處。但是家珍不愧是得獎無數、經驗豐富的兒童文學作家，筆下的人物與情節自然融合，彷彿世界原是如此、再正常不過，閱讀時完全不會有突兀感。於是，風會若無其事的拂過蘆葦，河水慢條斯理的述說回憶，老鑼意味深長的看著男孩，精靈、獅王和老仙婆趴在插畫家的肩膀上，七嘴八舌的鬥嘴。家珍為讀者建構的是一個詩意盎然、意想豐富、趣味十足的世界。

人們總期待自己的對象，是茫茫人海中特別的一位。那麼，家珍為插畫家找到的，是怎樣特別的對象呢？想像力豐富的她，編想出我們完全料想不到的男主人翁，他有不尋常的際遇，經歷許多的波折，最終成為最合適、而且還是命定的那一位；由虛無到真實，由內在到外表，轉化到最後，讓人不禁擊節讚嘆：原來是「天使」呀，多好的一個對象！

男主人翁在書中作為一個擺渡人，「渡人、渡動物、也渡緣分」。家珍寫出所有的相遇都是久別重逢，一切的一切都像某種美好的安排，因此插畫家與男主人翁重逢時，她在他的背上找到那有如應許般的記號。這是多麼美的意象與隱喻，讀者讀到這一段，應該也會想在喜愛的人身上找找那樣的記號。

這是一本講述兩人相遇、分離、重逢，讓人迫不及待想知道結局，趕著要一路看到最後的書。其中，有甜美的愛情，溫馨的友誼與美麗的詩情，而且文中處處閃耀智慧之光；家珍有如知悉世間奧祕的哲學家，已洞察人與人與萬物，某種相知相惜、聚合離別的道理，字字句句都帶著理解與體貼，並蘊含陪伴與安慰的力量。兒童文學作品中，這般美麗、豐富、溫暖的作品太少見了！

目錄

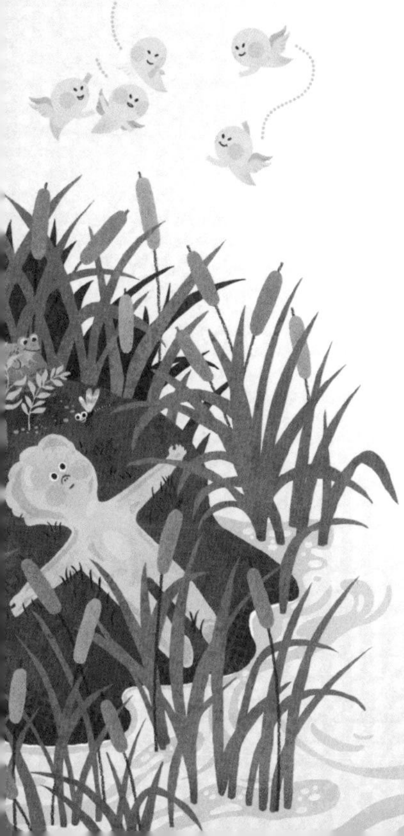

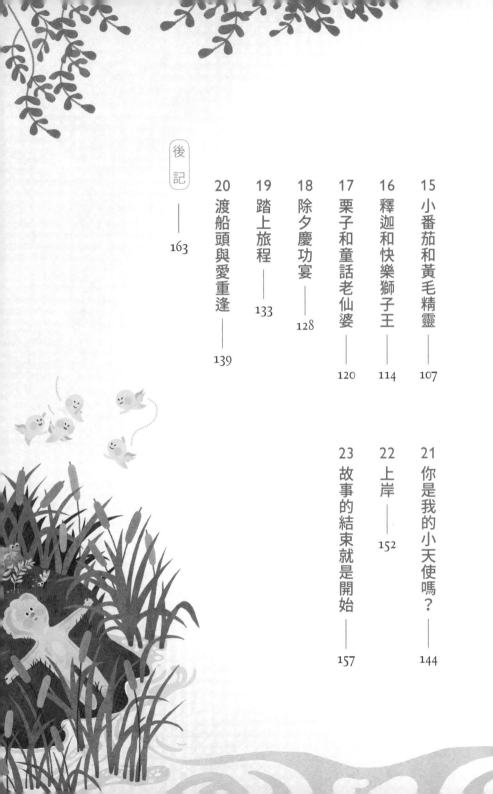

1 魔術師好會變

郝飛是黃烏鴉馬戲團的首席魔術師，他每次出場都能吸引爆滿的人潮，為馬戲團賺進大把鈔票。

團長看到郝飛，就像看到財神爺，不但對他呵護備至，更是逢人就誇耀：「我們的首席魔術師，真的好會變，來看表演的人都讚不絕口，真是太厲害了！」

郝飛真的「好會變」，他的技巧出神入化，在黃烏鴉馬戲團擔任臺柱、負責壓軸演出三年多，每次都贏得如雷掌聲和絕佳的票房。

可惜「花無百日紅，人無千日好」，向來萬無一失的郝飛，在國

王、王后和許多名流富豪齊聚一堂的「跨年馬戲團之夜」中，竟然連著「凸槌」了兩次，讓郝飛的名聲從「好會」成了「好廢」！

郝飛當晚第一次「凸槌」，發生在他表演「帽子戲法」的時候。把手帕塞進帽子，再從裡面捉出鴿子，是非常簡單的初階魔術，通常都拿來炒熱開場氣氛。這一次，當他把手伸進帽子時，原本應該躲在帽子裡的鴿子竟然消失無蹤。

郝飛的腦袋一片空白，眼前出現幻影：他正迎著風，追著禿鼻烏鴉，在蓊鬱的樹林上空飛翔！

郝飛嚇壞了，雙手在空氣中掙扎揮舞，就像溺水求救的人一樣，雖然整個過程不到三秒鐘，卻嚇出他一身冷汗。

經過這個「漫長」的瞬間，郝飛的意識從樹林裡回到馬戲團，他正好端端站在舞臺上，左手拿著帽子，右手從帽子裡捉出一隻禿鼻烏鴉！

這隻烏鴉本來在樹林間翱翔，突然被郝飛捉到馬戲團來，又驚嚇又生氣，在馬戲團裡鬼叫亂飛，先是叼走小男孩手上的熱狗，後來又大便在伯爵的西裝上，觀眾又笑又叫，驚奇的魔術表演變成逗趣的小丑搞笑。

郝飛怎麼也想不通——為什麼他會飛在樹林上空？白色的鴿子到哪裡去了？黑色的禿鼻烏鴉是怎麼變出來的？

難道，郝飛從魔術師變成魔法師？他的魔術有魔力？

他看到團長在布幕後面對他怒目相視；他看到國王對王后比了個倒讚的手勢；他也看到場邊的記者眉飛色舞的講起電話，應該是想好好炒作這次「凸槌」事件。

郝飛不理會這些負面的訊息，他對自己信心滿滿，高舉雙手沿著舞臺漫步一圈，準備把鐵籠裡的兔子變成孔雀，讓孔雀對著國王和王后展現美麗的羽毛。

郝飛才把一塊美麗的藍色絲綢蓋住鐵籠，就看到奇怪的景象：他像隻鎖定獵物的老鷹，貼著地面在草原上飛行，一隻毛色漆黑的動物迎面向他跑來，差點和他撞在一起。那隻小動物嚇得動也不動，他伸手一捉，輕輕鬆鬆把毛茸茸的動物捉到手。

直到觀眾爆出尖叫聲，郝飛回過神來，這才發現他的左手拿著藍色絲綢，右手捉著扭動不已的臭鼬！

兔子不見了！孔雀也不見蹤影！

本來在草原上暢快奔馳、享受兜風樂趣的臭鼬，被魔術師一把捉到馬戲團來，氣得連放一大串臭屁。離臭鼬最近的郝飛，被濃濃的屁味嗆暈在地；坐在第一排的國王和王后被薰得頭昏眼花，侍衛快步上前，保護他們安全離開；觀眾推擠著向出口跑去，馬戲團的棚子差點被擠爆⋯⋯，「跨年馬戲團之夜」成了恐怖的驚魂秀，觀眾紛紛要求退票。

老是跟在大人物屁股後面的媒體記者，像挖到寶藏似的，各個喜出望外，閃光燈此起彼落。所有的媒體都大篇幅報導這場失控的演出，大家像是說好了一樣，把國王和王后摀鼻皺眉逃跑的醜態刊登在頭版。

兩個意外的小插曲，經過記者加油添醋，變成一場大鬧劇，團長的臉色非常難看，把郝飛叫到辦公室，指著他的鼻子說了很多難聽的話，多年來累積的肯定與讚美在一夕之間變成懷疑與咒罵。

郝飛根本不在意團長說了什麼。在團長和觀眾的眼裡，魔術師的表演「凸槌」了、失敗了。魔術師卻覺得自己的功力大大提升，比過去更上一層樓。

因為，他從帽子和鐵籠變出來的，不是預先準備好的「道具」，而是從無到有、連他自己都搞不懂的神祕魔術。

「看來我的魔術表演已經到了出神入化的境界了，相信在不久的將來，我就可以隨心所欲到世界各地，隔空捉拿當地的奇珍異獸，表演真正讓人驚豔的魔術。」郝飛對自己的魔術滿懷信心，怎麼也沒料到一陣天翻地覆的改變即將發生。

隔天的「慶賀元旦驚豔馬戲之夜」，票房慘淡，表演即將開始，現場還有許多空位，真正的觀眾只有小貓兩三隻，其他大多是等著看「凸槌」好戲的媒體記者。團長站在後臺，緊盯著魔術師和觀眾席，臉色一陣青一陣白。

郝飛的表演非常平穩，甚至超乎過去的水準，說精采萬分也不為過。可是，他出來謝幕時，臺下的掌聲稀稀落落，記者的表情都很難看，心裡的遺憾全表現在臉上。

如果郝飛再次「凸槌」，場子可能會比較熱絡。

表演結束後，黃烏鴉馬戲團按照往年的慣例，舉辦元旦慶功宴。這是一場安靜的慶功宴，團長臉色鐵青，表情很難看，從頭到尾沒有理會郝飛。

郝飛吃飽喝足，到森林深處散步，一邊尋找表演的靈感，一邊思索那神祕的「凸槌」經驗。

等他心滿意足回到馬戲團紮營的地點，黃烏鴉馬戲團已經拔營離開，他的道具箱和行李被丟在地上。

黃烏鴉馬戲團不見了，團長和其他團員也不見了，連再見都沒說，就消失得無影無蹤。

郝飛氣得大吼大叫，提著他的道具，漫無目的追了幾公里，都沒看見馬戲團的蹤影。他試盡各種魔術戲法，想把消失的馬戲團和團員變回來，但是再厲害的魔術都沒辦法改變人心，更沒辦法把已經離開的人變回來。

郝飛不得不接受自己被馬戲團拋棄的事實。他除了變魔術，其他生活技能都不會，只好拎著道具箱，走過一個又一個城鎮，靠著在街頭表演魔術，賺取零錢維生。

2 黏土小天使

晴朗的夏日午後，魔術師郝飛拎著道具箱，經過一座廢棄的花園，他從破敗的籬笆往花園裡張望，院子裡三棵大樹旁邊有一小塊地，長著一片「貓頭鷹香」。

「貓頭鷹香」的花朵，模樣跟穀倉貓頭鷹很像，夜晚才開花，葉片也很特別，是六角形，正面很光滑，背面毛絨絨的，摸起來像是貓頭鷹羽毛的觸感。

「貓頭鷹香」是珍貴稀有的花，怎麼會沒人照顧就長得那麼好？

郝飛猜測，是因為這個廢棄花園的土壤好，「貓頭鷹香」才能長得

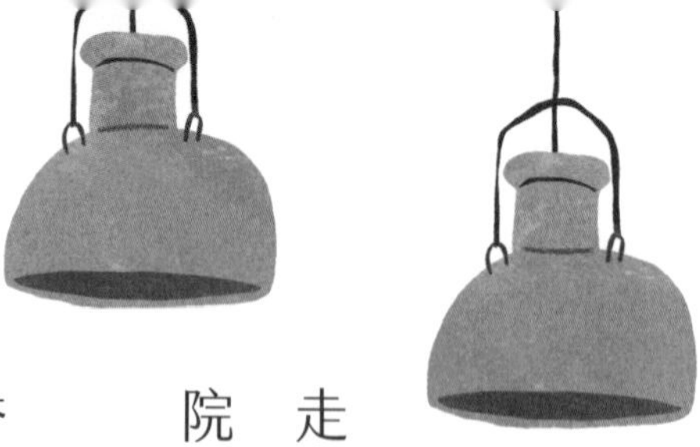

這麼好。

郝飛輕輕一摸，生鏽的鐵門大鎖就打開了。他推開大門，先走進旁邊破舊的園藝工具房，在工具箱裡翻找出一把小鏟子，走向院子。

他仔細觀賞每一朵盛開的「貓頭鷹香」，接著挖了一些「貓頭鷹香」旁邊的泥土，放在指尖搓揉。這些果真不是普通的泥土，是可以做陶器的黏土。「貓頭鷹香」最適合長在這樣的黏土中，難怪這些「貓頭鷹香」沒人照顧也能長得這麼好！

郝飛小時候曾經跟爸爸學過陶藝，他的手很巧，不管做什麼都栩栩如生。只是當他看過馬戲團的魔術表演後，除了魔術，他沒辦法再想任何事，也捏不出像樣的東西了。

他決定放棄陶藝，跟著馬戲團離開家鄉，把變魔術當成終身事業，完全沉浸在魔術世界。白天孜孜矻矻研究魔術技巧、晚上兢兢業業表演魔術，怎麼也沒料到才「凸槌」兩次，馬戲團團長就把他一腳踢開。

就在他最絕望、走投無路的時候，卻意外發現過去經常把玩的黏土。往事歷歷在目，郝飛感慨萬千，他合掌祈禱，感謝老天爺的巧妙安排。

郝飛挖了一些黏土，走進工具房，清空桌子，開始揉土。

他把黏土揉好，想著要捏個什麼好呢？這時腦中突然一片空白，什麼影像都沒有、什麼想法也沒有，時間好像才過了五秒鐘，他的雙手竟然不自覺的捏出一個小天使的頭。

這個小天使，頭兒大、眼睛也大、兩個小酒渦可愛又迷人，郝飛愈看愈喜歡，花費整個下午，捏成了一尊小天使，還給他加上兩個小巧的翅膀。

郝飛看著小天使美麗的臉孔和鬈髮，老半天都沒能決定讓他當男生還是女生。他站起來，走到窗戶旁，看著後院的「貓頭鷹香」花叢。

郝飛背對著小天使，小天使的眉毛好像挑了一下，就挑了那麼一下，之後就沒有動靜。黏土塑造的小天使為什麼會挑眉毛？會不會是培養出「貓頭鷹香」的黏土有神奇的力量？

郝飛回到桌子旁邊坐下，盯著小天使，說：「讓你當愛神丘比特，怎麼樣？再幫你做一把小弓箭就完美啦！」

小天使的嘴角動了一下，他同意當愛神丘比特嗎？他剛才想說話嗎？郝飛以為是自己眼花，揉了揉眼睛。

郝飛默默工作好一會兒，肚子咕嚕咕嚕叫了起來，他摸摸小天使捲曲的頭髮，說：「我的肚子餓壞啦！先去鎮上表演魔術換點吃的，再回來給你做一副弓箭，你等著，別跑啦！」

郝飛站起來伸伸懶腰，小天使的手指頭動了幾下，不過他沒有看見。他把小天使抱下工作桌，放在照不到太陽的地方，用破舊的桌布把他蓋起來，讓他慢慢乾燥，免得裂開。

郝飛到鎮上表演魔術時，觀眾群裡有個女孩，被他出神入化的表演吸引。表演結束時，除了如雷的掌聲和爽朗的笑聲，她還送給他一袋自己栽種的無花果。

郝飛一邊吃無花果，一邊和女孩聊天。整個世界彷彿停格，週遭的人和聲音都消失了，他陪著她回到山上的農場。

郝飛在山上農場展開新的人生，看著種子發芽、看著植物開花結果，他覺得大自然的生命力比魔術更讓人驚奇。

沉浸在幸福裡的魔術師郝飛，把他對小天使的承諾忘得一乾二淨，等他想起這個承諾，時光已經悠悠走過好多年了。

小天使頭上蓋著又髒又舊的桌布，站在廢棄花園的工具房，一站就是三個月，黏土做成的小天使，裡裡外外都乾透了。

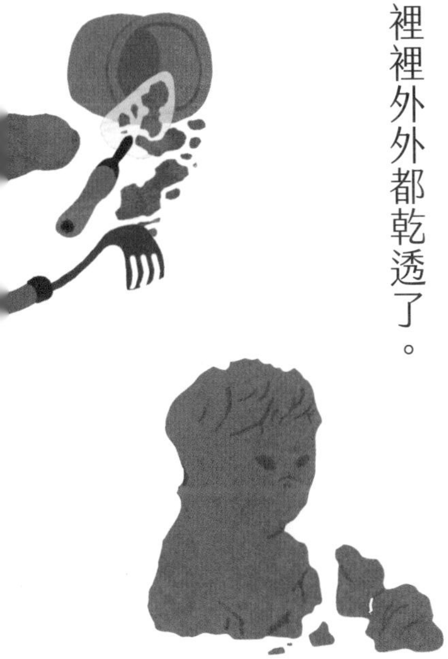

3 唉唷喂呀女孩

有一天，大雨過後，幾個孩子經過廢棄花園，發現原本上鎖的大門開了一條縫，他們歡呼著跑進院子玩耍，看見地上有個大洞，帶頭的男生知道洞裡是黏土，就號召大家一起玩黏土。

女孩不喜歡黏土的觸感，獨自一個人在院子裡撿石頭、摘花，她摸了摸「貓頭鷹香」的葉片，但是「貓頭鷹香」的花朵太像真的貓頭鷹，她連摸也不敢。

她在花園探險，來到工具房，從滿是灰塵的玻璃窗，窺見裡面大桌子旁一塊破舊的桌布下，好像有人躲著。

「鬼！」女孩心中閃過這個恐怖的念頭，幸好是大白天，她不害怕，所以沒有叫出聲。

仔細觀察好一會兒，她發現有一雙可愛的小腳丫，從破舊的桌布底下露出來。

是可愛的小朋友在跟誰玩躲迷藏嗎？女孩喜歡玩躲迷藏，偷偷溜進工具房，一把掀開破舊的桌布。

「嘩！」女孩大叫了一聲。她本來想要嚇嚇躲在桌布底下的頑皮小孩，結果卻是嚇到自己。她怎麼也沒料到，躲在桌布下的不是人，而是一個黏土捏成的小天使！

她先摸摸小天使的鬈髮、又摸摸小天使的翅膀，還蹲下來看著小天使的肚臍眼，剛好有隻小螞蟻在裡面散步，女孩一口氣吹走那隻螞蟻。

「艾幼葦！艾幼葦！你在哪裡？回家囉！」工具房外頭，一個男孩高聲叫她。女孩不想立刻回家，所以沒有吭聲。

「唉唷喂呀！你在哪裡？你再不說話，我就先回家，天黑之後，貓頭鷹香的花就會變成貓頭鷹，一口吃掉你！」女孩聽到男孩語帶威脅，很生氣，猛然站起來，碰了小天使一下，小天使往後仰，重重靠上牆，一雙脆弱的小翅膀應聲斷裂，掉在地上碎成七塊！

女孩被自己魯莽的行為嚇壞了，後退幾步，轉身就要逃走。可是她放心不下，又走回小天使身邊，托著小天使，把他輕輕放倒在地上，把破舊的桌布摺成枕頭，讓小天使枕著，說：「躺著才不會跌倒，你已經沒有翅膀，再跌斷手腳就糟糕！」

女孩看著小天使露出燦爛微笑的臉，看著他斷掉的翅膀，感到非常抱歉，敏感的她，鼻子一酸，眼淚就落了下來。

大顆的眼淚落在小天使額頭上，其中幾顆淚珠，滑進小天使的兩個大眼睛，小天使的眼睛閃爍出一絲光芒。

女孩看見小天使眼睛的光芒，嚇了一大跳，站了起來，默默往後退，一退到門邊就立刻轉身推門出去，對外頭那個大聲喊她的男孩說：「你又給我亂取綽號了，真討厭，我要告訴爸爸，叫他處罰你這個討厭鬼！哼！」

女孩一邊快跑、一邊大喊，除了不想讓人看見自己剛剛哭過，也試圖把犯錯的愧疚感拋在腦後。

躺在地上的小天使，眼珠子轉了幾轉，眼皮眨了幾下，安安靜靜

躺著，沒有扭動也沒有掙扎。

被叫做「唉唷喂呀」的女孩，回家以後並沒有跟爸爸告狀。她洗過澡、吃過晚飯、寫完功課，就和幾個兄弟姊妹，早早上床睡覺。

整個晚上，女孩夢見小天使不只翅膀斷掉，連手腳也都被折斷了，孤單的躺在地上沒人理。

女孩好自責，在夢中說了無數次「對不起！」女孩心想，明天一定要去把他扶起來站好。可憐的小天使，他是男生還是女生呢？下午的時候沒看清楚，明天也要記得看清楚，還要給他取個好名字。

第二天下午，幾個小孩子又來到廢棄花園的後院玩黏土。女孩溜進工具房，把躺在地上的小天使扶起來，靠著牆角站好，還找來幾個紙箱，擺在小天使身邊，以防他再度跌倒。

女孩跪在小天使面前說：「對不起，弄斷了你的翅膀，希望你能原諒我。你從來沒有用過這對翅膀，不曾在天空翱翔，希望斷掉翅膀對你來說，不會太難受。真的非常抱歉！」

女孩把翅膀碎片收在她帶來的紅色小布袋，掛在牆壁的掛鉤上。

小天使是男生還是女生呢？女孩搬開紙箱，匆匆看了一眼，小天使光溜溜的沒穿衣服，很容易辨別——他是個男生！

女孩羞紅了臉，把破舊的桌布當作披風，為小天使披上，又把紙箱堆好，隔著紙箱對小天使說：「佛要金裝，人要衣裝。衣服比翅膀還重要，沒有翅膀沒關係，不穿衣服會被笑。我回家了，你要站好，不要跌倒。」

女孩離開了，又轉回來，盯著小天使說：「叫你若瑟好不好？你長得像外國人，我知道的外國名字裡，若瑟是最棒的一個。」小天使笑著，好像同意女孩的提議。

4 暫別

每隔幾天，這群孩子總會來廢棄花園的後院玩黏土，女孩也總是會跑進工具房，跟小天使坐在一起，把生活中的點點滴滴告訴他，還把她的畫圖本拿給他看。

女孩很喜歡畫畫，但是她害怕在人群前面畫畫。她不和別人談心事，把祕密藏在畫裡。

女孩喜歡小天使，靠在他身邊，把祕密告訴他、把委曲吐露給他、把願望說給他聽。小天使是用黏土捏塑的，不會說話，也不會洩漏她的祕密。

有一天，女孩跟小天使分享畫圖本的新圖畫時睡著了，她的兄弟姊妹們要回家的時候，沒發現她在工具房，以為她先溜回家，大夥兒便一哄而散。

女孩睡醒，已經是黃昏，彩霞滿天。她躺在地上，雙眼迷濛，搞不清楚是清晨還是黃昏，也搞不清楚自己身在何處。

過了好一會兒，她終於想起自己在廢棄花園的工具房，跟小天使一起。小天使跟女孩靠在一起，兩個人相偎相依，倚靠在牆角的紙箱堆裡。

小天使彷彿是活生生的小男孩，熟悉她的心事，了解她的孤單和寂寞，心疼她的委曲，這種感覺讓女孩感覺好幸福。

幸福的感覺像溫暖的海浪湧過來，一波又一波，女孩的雙腳、身體、雙手、脖子、臉、頭、頭髮，都浸在滿滿的幸福中，她又沉入夢鄉。

在夢中，女孩牽著小天使的手，被海水帶著漂流，隨海水晃蕩、旋轉、浮沉，自由自在，非常愜意。

女孩累了，想要休息，她想站起來，卻發現踩不到底！她嚇了好大一跳，好害怕，心臟蹦蹦跳，雙手使勁划動，雙腳也拚命踢水。

可是她不但沒有浮上海面，雙腳好像綁著一塊大石頭，帶著她往漆黑的海底沉下去，她沒辦法呼吸，她好害怕，使勁掙扎。

到最後，女孩渾身上下沒了力氣，想到自己還有好多沒有實現的願望，她不甘心⋯⋯吐出最後一口氣的時候，她又用力往上掙扎了一下！

女孩大叫著醒來。夕陽照進來，工具房沐浴在暖黃色的陽光中，可是女孩感覺渾身冰涼、徬徨無助。

她看著身旁的小天使，雖然披著破舊的桌布，仍然散發出光彩，臉上洋溢著帥氣的笑容，渾然不知道女孩剛剛在夢中的恐怖經歷。

「你終究只是黏土的小天使，沒有生命、沒有感情、不會說話、不能愛我、也沒辦法照顧我。」女孩澈底醒悟，凝視著小天使，很久很久。

女孩把小天使靠著牆角擺好，為他蓋上桌布，再把幾個紙箱堆在他身邊，沒有道別就悄悄溜走。

暑假過去、夏天結束、中秋節的月餅也都吃光了。女孩偶爾會想到工具房裡孤孤單單的小天使，但是那天在夢中差點被海水淹沒的恐懼，一想起來就害怕，她把小天使藏在腦子裡的隱蔽空間，慢慢忘記他。

聖誕節來臨了，女孩一家幾個孩子都幫忙神父和修女布置教堂、製作小耶穌出生的馬槽。

女孩拿起一個小小的陶製小天使，突然想起站在工具房牆角的小天使。天氣這麼冷，他只有一條破舊的桌布，肯定凍得發抖，會不會凍得碎掉？

那幾塊翅膀碎片的記憶讓女孩心痛，她沒心情繼續幫忙布置，偷偷溜回家，從衣櫥裡拿了一套哥哥的舊衣服、一雙紅綠條紋聖誕襪和黃色球鞋。

女孩帶著衣服鞋襪，跑到廢棄花園的工具房外，從窗戶看進去，小天使還乖乖站在牆角。

女孩進到工具房，搬開紙箱，掀開破舊的桌布，撥掉蜘蛛網，為小天使穿上衣服。

她蹲下來給小天使穿上鞋襪的時候，小天使的手指頭輕輕戳了女孩的帽子一下。不過，女孩並沒有注意到他的這個小舉動。

女孩對小天使說：「若瑟，我曾經希望你是活生生的真人，當我的好朋友，我們可以一起騎單車四處遊玩，一起唱歌看書。

不過，這些都是我的夢想，不切實際的夢想，小孩總有一天要長大，不能每天都做白日夢。現在，我要跟你告別，我不會再回來看你了。」

臨走前，女孩脫下自己的紅色棒球帽，給小天使戴上，說：「這是我心愛的帽子，上面繡著的『E』是我的英文名字的第一個字母，送給你。我要離開了，也許有一天，你的主人會回來找你，也許你會變成真正的男孩，找到你要走的路。」女孩說完這些話，低著頭，轉身離開。

5 小天使的新生命

冬日午後，十幾個小天使從南方飛來，他們邊飛邊討論，那一大叢稀有的「貓頭鷹香」會躲在哪裡？

當他們飛到廢棄花園正上方，好像有一股強大的引力，把他們拉下來。小天使們來到廢棄花園的後院，非常開心找到了貓頭鷹香花叢。

「一朵『貓頭鷹香』能讓一萬個孩子作美夢。」

「這裡有七朵貓頭鷹香。」

「七萬個孩子會有美麗夢境。」

「美麗夢境會趕走惡夢。」

「孕育貓頭鷹香的黏土也很好。」

「你們看這些腳印！」

「腳印往那裡去了，去看看。」

小天使們紛紛擠進廢棄花園的工具房，在工作桌旁邊，發現幾個紙箱後面站著的小天使若瑟。

「他跟我們一樣，也是小天使。」

「他是假的小天使，用黏土捏成的小天使。」

「他被捏得很好看。」

「他是假天使，捏得再好看也只是擺飾。」

「哎呀！他的翅膀斷掉了。」

「他不能飛了，好可憐！」

「沒有翅膀，他永遠不能成為真正的天使。」

十幾個小天使看見他斷裂的翅膀，難過得掉下淚來。他們圍著若瑟，為他難過、為他哀悼。

一個小天使突發奇想，說：「我們把愛心給他，讓他呼吸、讓他跑，讓他出去看看這個世界。」

「對！把我們的愛心給他，讓他變成活生生的人。」其他小天使紛紛附和。

小天使們達成共識，一個一個輪流上前擁抱若瑟，親了他的臉頰和額頭，他們給他滿滿的愛。

接著，小天使們拉著若瑟，飛上天空，在雲朵間穿梭飛翔。若瑟初次嘗到在天空中自由飛翔的滋味，新奇又開心，左看右看，非常興奮。

轉過幾個山頭之後，出現一大片開滿繁花的廣大草原，若瑟看著美麗的花朵，想起他心愛的女孩，心想：「總有一天，我要帶她看這樣的奇景。」

小天使們輪流拉著若瑟飛翔，他們飛著、玩著、笑著，突然在瞬間消失蹤影！

拉著若瑟的小手不見了，若瑟立刻就往下墜落！

如果不是在第一次飛翔就飛得這樣高，若瑟可能不會這麼害怕。眼看再幾秒鐘之後就會墜地，他嚇得尖聲大叫！

就在要墜落地面的一剎那，若瑟從惡夢中驚醒，也從黏土捏塑的身體裡驚醒，他活過來了！

是女孩滴入他眼睛裡的淚水；是女孩誠摯的祈願；是十幾個小天使愛的擁抱和親吻，讓他活了過來。

若瑟大叫著醒來，發現自己坐在地上。他不敢相信，眨眨眼睛、皺皺鼻子，張開嘴巴然後閉上。

若瑟轉動脖子，伸伸手、踢踢腳，活動筋骨之後，撐著地板、扶著桌子，搖搖晃晃站了起來。

十幾個小天使都不見了，剩下他孤伶伶一個，可是他一點也不難過，活過來，能動、能站的興奮與喜悅，填滿他的心。

他試著邁開腳步，試著走路。

剛開始，他的關節卡卡的，動作僵硬又生澀，慢慢的就順暢許多，不過還像是個機器人似的，偶爾會卡住，得停下來拍拍關節、鬆鬆筋骨。

若瑟經過布滿了灰塵的鏡子前面，被鏡子裡的影像給嚇著了。

他後退幾步，又前進幾步，對著鏡子招招手、做做鬼臉，確定他看見的其實是自己，就笑著對著鏡子擺擺手。

他想起一件事。他把上衣脫下，就著鏡子觀察自己斷掉翅膀的地方，表面雖然有點凹凸不平，幸好沒有傷到肩胛骨，否則真的不堪設想！

若瑟拿下牆上掛著的紅色小布袋，拉開來看看自己斷掉的翅膀碎片，想起女孩說過的話。沒錯，自己從來沒有用過這對翅膀，不曾在天空翱翔，就算翅膀斷了，也不會太難受。

他把紅色小布袋掛回去，就當自己從來沒有過翅膀。

他還記得跟女孩相處的那些午後時光，溫馨時刻。

他讀到女孩心中的想法，每次都好希望自己活著，可以對女孩說：「儘管幸福的感覺好像汪洋大海，有時溫暖、有時危險，但是我會緊握住你的手，我會找到一艘堅實可靠的船，帶你遨遊汪洋大海，一輩子不分開。」

但是那時候他沒辦法說話、沒辦法表達，只有任女孩傷心、任女孩離去。

若瑟把心思跟難過的情緒關在一起，沮喪了好一會兒，突然想起那十幾個小天使在他臉頰和額頭印下的吻，又開心起來。

他深呼吸幾次，讓身體和心情都充滿快樂的空氣，走到門口，打開工具房大門，一陣冷風灌進來，他瞇起眼睛享受冷風的吹拂。

若瑟謹慎的踏出腳步，走出工具房，經過後院，雙手拂過「貓頭鷹香」的花朵和葉片，往廣大的世界走去。

剛開始，若瑟還不太習慣，慢慢走著，接下來他想要奔跑、想要在風中奔跑，於是他邁開大步，跑了起來。

若瑟跑啊跑，整個晚上都在跑，愈跑愈順暢、愈跑愈開心，他覺得可以這樣子跑下去，永遠不停

止，一直跑到世界的盡頭，可以一路跑上天空，自由飛翔。

如果這次再飛上天空，他可不會害怕，他要盡情的飛，跟其他天使一起飛。

或者，他會順著思念的蹤跡，一路跑到女孩面前，跟她重聚。

在樹枝上的貓頭鷹盯著他看、在樹林間覓食的大赤鼯鼠盯著他看、在草叢中巡邏的山羌，和許許多多小動物、小昆蟲，也都盯著他看。

幾隻小樹蛙在他跑過的時候，還跟著他跳了一段路。

若瑟對這些凝視和跟蹤渾然不覺，他的腦袋裡裝著他的女孩。他自由自在的跑著，好像要把之前待在工具房，無法動彈的時光，通通補回來。

6 豬家四口

清晨，若瑟來到蒼翠的森林邊緣，有一家子豬，進入若瑟的視線，他叫住他們：「嘿！豬先生、豬小姐！你們好嗎？要怎樣才能進入你們的森林？」

豬爸爸回答：「簡單，涉過東河，就可以到咱們紅森林。」

若瑟說：「聽起來很簡單。」

豬媽媽說：「你往上游跑半天，就可以抵達東河最淺、最窄的一段，自從水獺爺爺離開之後，很多怕水的動物都從那裡渡河。」

豬哥哥說：「你長得高、腿又長，從這裡渡河就好了。」

若瑟往上游方向看了一眼，想了一下，決定在這裡渡河，他把鞋襪脱下來，襪子塞進球鞋，兩條鞋帶綁在一起，把兩隻鞋子掛在脖子上，再把褲腳捲起來。這是女孩送給他的衣服，不能弄濕也不能弄髒。

若瑟把左腳伸進東河，河水流過他的左腳，東河的水雖然有點涼，但還在他可以接受的範圍之內。正想跨進河裡，沒想到河水嘩啦嘩啦的流，融化了他的左腳掌，嚇得他趕快退回岸邊。

豬哥哥對他喊話：「男子漢大丈夫，不用害怕，你用剩下的三隻腳，全力往前衝，先衝上河中央的沙洲再說。」

若瑟說：「我叫做若瑟，不叫做男子漢大丈夫。這兩隻是我的手，這兩隻是我的腳。我是黏土做成的，河水應該不是我的好朋友，我不應該靠近河水。」

豬哥哥催他：「若瑟？什麼怪名字啊！快過來吧！計較什麼手呀腳的、囉嗦什麼黏土呀河水的，少講廢話多行動！」

豬爸爸也說：「胡說八道！你才不是黏土做的呢，黏土做的人怎麼會走路跑步？快過來。」

若瑟知道，是自己穿的衣服、戴的帽子，讓他們忽略了他其實是黏土塑成的，不過要解釋黏土人會什麼走路、跑步，還能說話，真的很難。

他咬咬牙，狠下心，手腳並用，衝進東河，在河水中奮力跑動，終於衝上沙洲，趴倒在沙地上喘氣。

他看著自己，兩條手臂都只剩下半截，左右腳膝蓋以下的部分也全都不見了。但是他沒感覺到痛，也以為那些被河水消融的肢體都還在。

豬妹妹說話了：「沒事幹麼把自己弄得那麼狼狽呢？你是黏土塑

成的，就不應該跑進東河。現在好了，手腳都不見了。你應該躺下來，好好睡個覺，等你醒過來，說不定什麼煩惱都不見了，你也就可以過河來了。」

豬媽媽聽了豬妹妹的論調，眉心皺成一團，打了豬妹妹一下：「睡睡睡，在陌生人面前透露你每天只想睡覺，沒禮貌，別人會說你沒家教，而你沒家教就是我的錯，知道嗎？不要每天閒閒沒事做，就只知道睡覺。誰會相信睡一覺就可以過河的鬼話？睡覺只會誤事，不能解決問題，我講的話你到底有沒有聽進去啊？豬妹妹。」

豬爸爸埋怨豬媽媽說：「你不要打我們家豬妹妹嘛！都把她給打笨了！走走

走，都跟我回家，別在這裡丟『豬』現眼。」

一家子豬排成一縱隊，搖搖擺擺，走進紅森林。

小天使若瑟趴在沙洲上，望著身邊的滾滾河水發呆。

他想起魔術師把自己做出來的那一天，天氣很炎熱，沒有一絲絲涼風，魔術師在工具房辛勤的工作，直到把自己做好，還細心的刻劃鬈髮、做出酒渦和捲翹的睫毛，當然，還有好用的雙手和兩隻強壯的腳。

現在，因為自己的莽撞，手腳都去了半截，袖口和褲管空蕩蕩的，在風中擺動。

千金難買早知道，早知道要渡河就會失去雙手雙腳的話，他一定會在看見河水的時候，立刻回頭，而且一輩子永遠不再接近溪流、

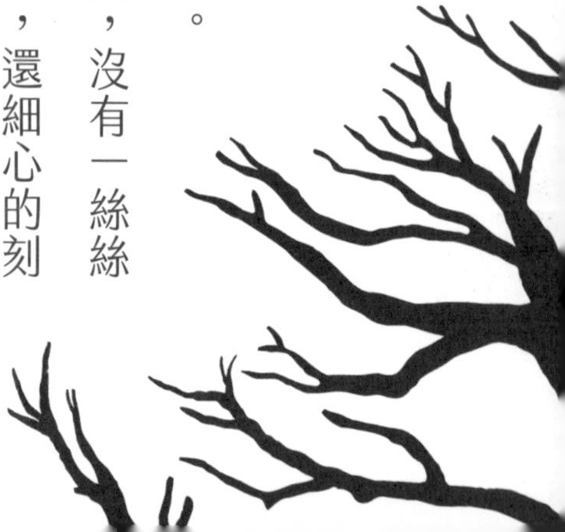

河水或是大海。

難怪當時他的女孩要離開他，因為光是被河水沖失了手腳，感覺就這麼糟糕，更何況是被海水淹沒？

若瑟躺在沙洲上，看了七次日落、七次日出，腦子裡一直想著豬妹妹的話：

「躺下來，睡一大覺，不如意的事，就會消失嗎？

我的手和腳都會長回來嗎？

我可以得到一次重新再來的機會嗎？

我會再見到女孩嗎？

誰知道？千金難買早知道！」

7 落水的野兔

「救命啊！」若瑟聽到悽慘的叫聲：「救命啊！我快淹死了，救我！救命啊！」

他四下張望，看見一隻野兔在河水裡載浮載沉，從東河上游漂流而下。

若瑟想救野兔，又怕一下水全身會融化。於是，他把這幾天一直縈繞在心中的話，對著野兔大聲說出來：「躺下來，睡一大覺，等你醒過來，什麼煩惱全都不見了。」

野兔掙扎著冒出水面說：「怎麼躺？怎麼睡？求求你，救救我！

我的背受傷了，沒辦法游泳。」

野兔這麼哀求，若瑟動了憐憫之心，他想起女孩把自己放妥在牆角，還拿幾個紙箱擋住，不讓自己摔倒。

他想起女孩幫他拿來衣服，給他穿上衣服、戴上帽子，不讓他光溜溜的沒有面子。

他想起女孩用溫柔的聲音對他說話。

他想起女孩暖暖的眼淚流進他的眼睛，讓他心中一陣悸動。

他想起那十幾個小天使溫暖的擁抱，還有印在臉頰和額頭上的親吻，讓他活了過來。

若瑟從女孩和十幾個小天使那裡收到好多的愛，心中洋溢著滿滿的幸福感覺。他也想對野兔好，讓野兔幸福。

他對野兔說：「別急別急，照著我的樣子做，保證你不會被河水淹死。」

若瑟把心一橫，眼一閉，滾進河裡，躺在河水上，隨波逐流。

野兔也把心一橫，眼半閉，躺在河水上，隨波逐流。

若瑟和野兔都累壞了，他們渾身放鬆的躺在河水上，就像會游泳的人在河裡仰漂一般，安全的浮在河面，隨著河水慢慢往下游、往岸邊漂去。

黃昏時分，太陽落下，野兔的雙腳觸及水草，他睜開眼睛，發現自己安全的來到河邊，趕快跳上岸，抖抖身體，把河水甩乾。他四下張望，卻沒看見那個救了他的人。

野兔對著四面八方大聲喊：「那個誰，雖然我不認識你，但是謝謝你救了我，我會把你的救命之恩記在心底。」

野兔在紅森林這一側落水，在紅森林對面那一側上了岸，蹲在岸邊看了好一會兒，決定往前邁進，到未知的世界去探險。

卡在蘆葦叢中的若瑟也醒了過來，左看右看，沒看見野兔。

他安慰自己：「我已經盡力了，野兔能不能活命，要看他自己的命運。」

若瑟在紅森林對面那一側落水，在紅森林這一側上岸，他站起來，往前走了幾步，突然覺得自己的身體怎麼那麼輕？輕得好像沒有身體？

他低頭一看，哎呀！好可怕！他渾身上下都被河水融化了，什麼都不剩。

不對，應該說他從「黏土小天使」變成「透明小天使」了。

他摸摸自己，頭是頭、臉是臉、身體是身體、腿是腿、手指頭加上腳趾頭總共二十根，每個小零件都在，並沒有被河水化掉。

不過，他渾身光溜溜的，身上的衣服、褲子、襪子、帽子和鞋子通通不見了，要不是全身透明，早被路過的路人甲乙丙丁看光光。

河水洗去他身上的黏土外表，露出他純淨的內在。他不再是缺了手腳的黏土小天使，他是沒有外在束縛、輕盈自由的若瑟。

若瑟有些激動、有些不安，也有些開心。他先感謝那隻落水的野兔，也明白這一切都是豬妹妹的功勞，得親自向她說聲謝謝。

8 豬妹妹遇見鬼？

小天使若瑟走進紅森林找豬妹妹。

豬家四口正在一灘爛泥巴裡，開心無比的洗爛泥巴澡。瞧他們，活像巨大的泥巴灑水機，噴得四周花草樹木，全都成了泥花、泥草、泥樹、泥木。

若瑟不想打擾他們的親子活動，就站在一邊，盯著豬妹妹看。

不到十秒鐘，渾身沾滿泥巴的豬妹妹跑出泥巴坑，說她不洗澡了，因為她感覺有個奇怪的東西盯著她看。

渾身沾滿泥巴的豬媽媽，也跑出泥巴坑，大聲叫著：「你又怎麼

了？哪有什麼東西看著你？誰要看你玩泥巴？快回來洗泥巴澡！」

豬爸爸也從泥巴坑裡爬出來，埋怨豬媽媽：「你不要罵豬妹妹嘛！每天罵她，都把她罵成大笨蛋了。」

豬哥哥說：「你們三個每天罵來罵去，講一些奇怪的話，真搞不懂你們在做什麼，洗個泥巴澡也不得安靜。」

豬妹妹可不服氣：「誰說我亂講話？誰說我笨？不理你們了，我要找個地方，躺下來，好好睡一大覺，忘掉所有的煩惱。」

若瑟聽到這句話，覺得好親切，走上前去，搔搔豬妹妹的額頭，說：「豬妹妹，謝謝你的妙招，讓我順利過河。」

這家子豬聽到有個「誰」在說話，卻看不見這個「誰」，腦中不約而同的浮現出兩個字——妖怪！

特別是豬妹妹，她感覺有個「誰」搔她的額頭，卻沒看見是「誰」，連個「誰影子」都沒見到，如果不是妖怪作祟，那就是「見鬼」啦！

四隻豬都嚇壞了，撒開十六條腿，往紅森林的深處鑽進去，逃得無影無蹤，只留下四排雜亂的豬腳印，還有被豬蹄濺起的泥巴噴得渾身髒污的若瑟。

若瑟說：「不公平，我牢牢的記住豬妹妹的話，她卻忘記我的聲音，還送給我渾身爛泥巴，真是不公平。」

9 渡船頭

若瑟又回到河邊，走進河裡，河水把身上的爛泥巴洗得一乾二淨。接著，他在河水裡躺下來，隨著河水往下漂流。

渾身上下透明輕盈的他，在純淨的河水中漂流，仰望平靜的藍天和優遊的雲朵。

那些年他在工具房編織的美好夢想，悄悄襲上心頭：他牽著女孩的手，兩個人沉浸在幸福的海水裡，隨著海水晃蕩、漂流、旋轉、浮沉，開心又幸福，直到地老天荒。

夕陽西下，若瑟帶著他的美夢，漂流到一座小小渡口，岸邊有木

造的浮棧橋，讓人和動物在岸邊等候渡船，還有一艘小舢舨，綁住小舢舨的繩子浮在水面上，若瑟看見他的衣服鞋襪和帽子，都被繩子絆住，隨著河水上上下下漂動。

若瑟隨著河水漂過去，撈起他的衣服鞋襪和帽子，爬上小舢舨，把衣服鞋襪和帽子，披掛在船邊晾乾。

他躺在小舢舨上，想著魔術師和他的女孩、想著小野兔和豬家四口，不知不覺又睡著了。

第二天清晨，太陽剛剛露臉，若瑟醒來，他伸個懶腰，關節劈里啪啦亂響了一陣，他嚇了一跳，低頭看自己，雖然自己是透明的，但是仔細一看，還是隱約可以看見形狀，特別是在太陽光下，一閃一閃、亮晶晶的。

從厚重的黏土、到輕盈的透明，若瑟得花好多時間來適應。

他穿上衣服鞋襪、戴上棒球帽，甩甩手、踢踢腳、深呼吸、站著發呆。

小舢舨隨著河水的節奏上上下下浮動，若瑟看見一根長長的竹篙，他拿起竹篙，試著在水裡划了幾下，小舢舨很不聽話，在河水中胡亂打轉。若瑟費盡力氣，就是沒辦法好好的划，小舢舨好像被頑皮鬼捉住，動不了。

E

10 遇見老獾

「嘎嘎嘎！嘎嘎嘎！」對岸傳來粗嘎的笑聲，若瑟四下張望了一陣，才在一叢蘆葦旁邊發現一隻灰毛兒老獾。

老獾說：「我想渡河，要不要來載我啊？透明小子。」

「你看得見我？」若瑟叫著。

灰毛兒老獾說：「我當然看得見你，那頂紅色帽子很顯眼，你穿的衣服也還算是帥氣。不過，你為什麼會是透明的呢？該不會跟什麼外星人、幽浮有關吧。」

外星人？幽浮？那是什麼東西？若瑟不知道老獾在跟他開玩笑。

老獾看若瑟老半天沒答話，就說：「那是我亂掰的啦，別理我。麻煩你載我過河，我有急事。」

若瑟告訴老獾，如果他要渡河，只要躺在河水上、睡一覺，就可以渡河了。

老獾說：「開玩笑，誰不知道老獾我最怕水？我需要你划小舢舨來載我渡河。」

若瑟回答：「等我想出辦法靠岸，立刻載你。」

老獾說：「來來來，我教你。要划船，第一個步驟就是把綁住小舢舨的繩子解開。」

若瑟聽老獾這樣一講，這才發現，小舢舨被繩子綁住了，難怪划不動！

若瑟解開繩子、把繩子收到小舢舨上，老獾在岸邊，指揮若瑟怎樣拿竹篙、如何使力、怎樣控制方向，好不容易才讓小舢舨勉強聽話，歪歪扭扭划到對岸。

小舢舨一靠岸，老獾動作俐落跳上來，舒服坐下，指揮若瑟划向對岸。

老獾說：「自從水獺爺爺離開以後，就沒有誰願意接下這艘小舢舨。每次想渡河，就得花上一天一夜，千里迢迢跑到上游河道窄淺的地方，很麻煩。」

若瑟點點頭，可是他有點心不在焉。

老獾說人類會划小舢舨過來過去，但是動物都不敢請人類載他們過河。

「沒錯，人類很複雜。」若瑟喃喃自語。

老獾認真說服若瑟留在這裡當船夫，負責划小舢舨，載大家過河。划小舢舨的工作雖然有點無聊，但是，可以遇見形形色色的客人、聽到許多神奇的故事，也算是一種收穫。當然，幫助很多幼小無助的顧客渡河，真的很有意義。

若瑟說他不會使用竹篙，對水流也不熟悉，這樣還有資格當船夫，接下小舢舨，載大家過河嗎？

老獾要他放寬心，別給自己太大的壓力，「多練習，就熟練」是水獺爺爺常常講的六字箴言。

若瑟說：「載大家過河好像很有意義，我會試做一段時間。我才剛剛獲得自由，要我待在這艘小舢舨上等候顧客、載他們渡河，有點無聊。喂！你自己怎麼不接下這份工作呀？」

老獾說：「我怕水，脾氣又壞，怎麼當船夫？剛剛看你在水裡玩得開心，一定適合。喂！你叫什麼名字？從哪裡來的？」

若瑟把自己的故事，簡短明白敘述一遍，他說：「魔術師說我是小天使丘比特，一群小天使說我是沒翅膀的小天使。不過，我的女孩叫我若瑟。」

老獾說：「若瑟？這個名字很好聽。若瑟你好，我是灰毛兒老獾，很高興認識你。」

若瑟把老獾載到對岸，老獾從口袋中掏出一塊小石頭，遞給若瑟，說：「你載顧客渡河，顧客就要給你酬勞，這是水獺爺爺立下的規矩，大家都會遵守。」

若瑟接下那塊小石頭，說：「我還沒說想當船夫啊！」

老獾說：「這是我挖地道的時候，找到的珍貴石頭，聽說人類叫它『黃金』，不過我叫它『小閃亮』，送你一顆當作酬勞，謝謝你載我過來，回程我會再來找你渡河。」

老獾跳下小舢舨，意味深長的看了若瑟好一會兒，接著鑽進蘆葦叢中，不見蹤影。

若瑟在他背後叫著：「你要去哪裡？什麼時候回來？我不一定會在這裡待下來呀！」

灰毛兒老獾不見蹤影，他可能沒聽到這句話。

若瑟拿著小閃亮，看了好一會兒，不知道能拿它來做什麼，就隨手放進口袋。

11 遇見走走和跑跑

若瑟坐在小舢舨上，隨著河水節奏晃動，聽著河水唱歌說話的聲音，看著河岸叢生的蘆葦在風中搖曳生姿。

幾天之後的一個傍晚，滿天美麗紅霞，若瑟好慶幸自己離開那個工具房，來到這個渡船頭，才能在此時此刻與美麗的晚霞相遇。

該留下來划渡船？還是繼續旅行，看看廣大未知的美麗世界？就在他猶豫不決的時候，一位女孩帶著小土狗，來到渡船頭。

女孩和小土狗看著若瑟，若瑟也看著她們，女孩問：「可以請你載我們渡河嗎？」

若瑟說：「幾天前，灰毛兒老獾才教會我怎樣划船，技巧還很生疏，我願意試著渡你們過河，不過你們得坐穩，握緊扶手。」

若瑟伸出手接女孩上船，可是女孩有點遲疑。她說：「你渾身透明晶亮，像是水晶，你是誰？你怎麼了？」

若瑟花了短短五分鐘，把他的故事說了一遍。

女孩笑著說：「原來如此，你是這個渡船頭的擺渡人。我叫做『走走』，我在世界各地巡遊，寫詩記錄旅程。這是我心愛的小狗，叫做『跑跑』。很高興認識你。」

擺渡人？走走？跑跑？

走走說：「『擺渡』的意思是用船載人渡河，顧名思義，『擺渡人』就是用船載人渡河的人。」

若瑟說：「『擺渡人』，這三個字念起來感覺很有學問。很高興認識你們，走走和跑跑，讓我帶你們上船吧！」

若瑟又伸出手，走走拉住若瑟水晶般的手，上了船，跑跑也動作輕巧的跳上船，坐在走走腳邊。

走走說：「你的模樣像是水晶做成的，但是摸起來像是真的人，手好軟，你是怎麼辦到的？」

若瑟說：「我什麼都不知道，魔術師把我做好、好多個小天使讓我活了過來、豬妹妹讓我把黏土身體換掉、河水給了我水晶般的外表。」

若瑟沒有說到他的女孩。因為愛，所以不想輕易說出口，只願放在心底偷偷想念。

走走點點頭，跑跑也哼了幾聲。

若瑟努力划向對岸，他們來到河中央的時候，河上漂下來一片巨大的大王椰子樹葉，撞上小舢舨，害他們在河心轉了好幾圈，小舢舨劇烈搖晃，原地打轉好幾圈！

本來在輕聲哼歌的走走，緊握住旁邊把手、跑跑低聲哀嚎著躲進她腳下。

若瑟手忙腳亂的控制住小舢舨，安全划到對岸。

若瑟說：「不好意思，我還沒掌握划船技巧，讓你們受到驚嚇，真是對不起。」

走走說：「沒關係，是大王椰子樹的落葉打招呼的方式太過熱情。新手都需要時間磨練，我們很開心，在你剛剛學會划船的時

候，跟你一起渡河。」

跑跑也汪汪大叫幾聲，他的叫聲裡有抗議的意思，若瑟對跑跑挑眉致意，不過跑跑沒辦法從他透明的臉龐看出來，真可惜。

12 為若瑟寫詩

小詩人走走拿出小筆記本和彩虹鉛筆，說：「我寫一首小詩送給你，感謝你渡我們過河。」

若瑟點點頭，跑跑也安靜等候，不吵她。

旁邊一棵大柳樹上停著一隻貓頭鷹，自顧自哼著歌：「呼……唬唬……忽……湖湖……瓠！」

跑跑警戒的豎起耳朵，盯著貓頭鷹，輕聲吼著：「舞……舞……霧！」

走走抬頭看看貓頭鷹，低頭看看跑跑，再看看若瑟，若瑟聳聳肩

膀，笑了起來。

走走文思泉湧，很快就寫好詩，接著拿出一張小卡片，把詩謄在卡片上。她把卡片送給若瑟，說：「這首詩是我給你的謝禮，感謝你載我們渡河，後會有期。」

跑跑也「汪！汪！汪！」叫了三聲，好像那就是給若瑟的酬勞。

若瑟說：「可以請你念一遍給我聽嗎？」

走走點點頭，翻開小筆記本，念著：

貓頭鷹的歌聲
是可愛女孩的呼喚
貓頭鷹的嘆息

是河水奔流永不消逝的祕密
貓頭鷹的低語
是可愛天使的親吻
貓頭鷹的祝福
是你凝視我的眼神
我來這裡遇見
比我更好的你
你在這裡等我
渡我過記憶的河流
相見永遠不會太晚
相知永遠不會

幸福也不會走得太遠
太遲

若瑟一邊聽走走念詩，一邊想起那時候跟女孩窩在一起、聽女孩講心事的美好時光，兩行淚水悄悄滑落。

走走把詩念完，看見若瑟在流淚，知道他心情澎湃，就沒有說話，坐到他身旁，靜靜陪伴他。

沒多久，坐不住的跑跑舔了舔若瑟的手，他笑了起來，說：「好好好，我知道你想下船了，來！」

若瑟跳下小舢舨，把小舢舨拉近岸邊，走走和跑跑動作輕巧跳上岸，若瑟目送她們離開。

等到走走和跑跑走遠了，若瑟回到小舢舨上，把小詩朗聲念了幾遍，給附近的動物、植物們聽。

呼呼呼，貓頭鷹的歌聲
是可愛女孩的呼喚
忽忽忽，貓頭鷹的嘆息
是河水流逝的祕密
乎乎乎，貓頭鷹的低語
是可愛天使的親吻
唬唬唬，貓頭鷹的祝福
是你凝視我的眼神

我來這裡遇見
比我更好的你
我的寶貝
你在這裡等我
渡我過記憶的河流
我的寶貝
相見永遠不會太晚
相知永遠不會
太遲
幸福也不會太遠
如果有人躲起來偷偷聽

我就要跟著貓頭鷹
飛向森林深處

若瑟念著念著，偷笑起來，他加了幾個字，自己覺得很得意。不過，如果有聽眾旁聽，他一定不好意思念出來。

他把卡片折好，放進口袋，跟小閃亮貼在一起。

灰毛兒老獾沒說錯，當擺渡人的生活雖然有點單調，但是可以遇見意想不到的旅人，聽他們聊起從來不曾想過的生活。若瑟認為這樣的日子挺有意思，就留下來試試看吧，反正想要見識新世界，隨時都可以離開。」

那一天剩下的短暫時間，若瑟在小舢舨上坐到彩霞完全歸於黑暗，都沒有要渡河的旅客。若瑟把繩子套在渡船頭的木樁上，窩在小舢舨上，睡著了。

13 遇見天使寶寶

第二天，若瑟划著小舢舨在河邊巡行。

剛開始他在左岸巡邏，一個顧客也沒有。萬一客人在右岸焦急等候渡船，該如何是好？

於是他趕到右岸，可是右岸如同左岸一樣，空蕩蕩的，一個顧客也沒有，只有無所事事的風兒吹過岸邊蘆葦，發出窸窸窣窣的聲響。

一整天，若瑟就在河的左岸和右岸漂過來、盪過去。

黃昏的時候，他斜倚在小舢舨上，把小詩人走走寫給他的詩拿出來念了幾遍。

這個小詩人好厲害！貓頭鷹不過隨便「呼呼」、「湖湖」、「唬唬」叫了幾聲，她就寫好一首詩。

她怎麼會知道我的心事？一字一句都寫到我的心坎裡？

若瑟腦中突然湧現好多美麗的意念，他被這些意念帶著，飛上天空、遁入地底，展開一場想像力旅程。

若瑟看著天空中雲朵緩慢飄過，看得出神了，沒想到突然有十幾張可愛的小孩臉孔出現在眼前，對他說：「嘿！透明的小天使，你可以載我們渡河嗎？」

若瑟說：「載載載，當然載。你們怎麼知道我曾經是小天使？我現在叫做『若瑟』。」

他坐起身，把小詩卡片收進胸前的口袋。十幾個可愛的小孩子跳上小舢舨，把小舢舨弄得搖搖晃晃，好像蹺蹺板。

一個圓臉、褐髮、上下四顆大門牙都掉了的小孩對他說：「你長了一張小天使臉，我們一看就知道你是小天使！」

另外一個有酒渦又有梨渦的小孩子說：「我們不久以前才見過面，怎麼會忘記你是誰？」

一個小孩子擠過來坐在他腿上，若瑟發現他的背上有翅膀，小巧可愛的翅膀。原來他們是天使，有翅膀的天使！

他們開心的笑著鬧著，若瑟怕他們落水，趕緊讓他們都坐下。他對小天使們說：「你們聽，河水正在說故事呢！」

十幾個小天使慢慢安靜下來，他們睜大雙眼，歪著頭傾聽河水的聲音、若瑟的竹篙在水裡滑過的聲音、風兒吹過蘆葦的聲音。

若瑟努力划著，小舢舨在水中安靜平穩向前跑，他看著這十幾個小天使，溫馨的熟悉感充塞心田：「就是這群可愛的小天使，他們的祝福裡有神祕的力量，讓我從黏土人變成真人！」

小舢舨抵達左岸的時候，十幾個小天使全都安靜的坐著、動也不動。若瑟不催他們，希望他們多停留一會兒。

一個小天使從懷裡掏出一把花，遞給若瑟，說：

「謝謝你送我們過河，這把花送給你。」

其餘每個小天使要下船之前，也都從懷裡掏出小禮物送給若瑟，有茶樹種子、棒棒糖、小魚吊飾、橡果子、玩具車、一小袋米……。

最後一個天使，沒有拿出禮物，他對若瑟說：「我是天使故事寶寶，我很會說故事，我說一個故事給你聽，好嗎？」

若瑟問：「你說的故事會不會很長？會不會很花時間？你的朋友已經下船離開了。」

天使故事寶寶笑著說：「他們不會跑遠，我很快就會趕上。你準備好要聽故事了嗎？」

若瑟點點頭。

天使故事寶寶給若瑟講了一個〈天使抱抱〉的故事，說完故事，對著若瑟燦爛一笑。若瑟跟天使故事寶寶握握手，拍拍他的頭，輕聲說：「謝謝，你很會說故事，說得好極了，我很喜歡。」

天使故事寶寶也拍拍若瑟的頭，說：「你是一個很好的聽眾，謝謝你！」

若瑟仔細回味這個故事，又問：「你說，天使老了以後會變成白色的老天使，然後呢？」

天使故事寶寶說：「當白色老天使老得不能再老的時候，他們會變成白雲，在天空優遊，自由自在。」

若瑟聽了，沒說話。他從黏土小天使變成透明小天使，接著又成了渡船頭的擺渡人，然後呢？

天使故事寶寶跳下小舢舨，對若瑟揮手說再見。

若瑟問：「知道你的同伴們在哪裡嗎？找得到他們嗎？」

天使故事寶寶指著遠遠的小山丘，說：「他們在那兒躲迷藏。再見囉！」

若瑟順著他的手指看過去，看見十多個花花綠綠的小身影在小山丘上玩耍，歡樂的嬉鬧聲傳來。天使故事寶寶張開小翅膀，輕巧飛翔，很快就趕上他的同伴。

看著天使故事寶寶自在飛行，若瑟這才明白，小天使們可以飛翔渡河，他們是為了跟他說話、跟他相處，才來搭乘他的小舢舨。

看著天使寶寶們的背影漸漸遠去，若瑟終於明白女孩說的話：「你從來沒有用過這對翅膀，不知道翅膀是用來做什麼的，沒有『曾經滄海』就不會『難為水』。」

他想念他的女孩，他們還會有再見的一天嗎？

當他們再度見面，會不會認得彼此？

會不會有心靈契合的感動？

若瑟在舢舨上躺下，回味小詩人走走給他的詩，回味天使故事寶寶告訴他的故事。

若瑟看著天空中雲朵緩慢飄過，看得出神了，好幾張可愛的小臉孔又出現在眼前，他們笑嘻嘻的對他説：「你該不會以為故事聽完就算了吧？」

若瑟坐起來問：「故事説完就結束了，還得做什麼事情呢？」

小天使們大聲的説：「聽過天使抱抱的故事，當然

就要來抱抱啊！」

天使故事寶寶説：「擁抱的力量很大，可以溫暖彼此，可以給彼此帶來巨大的改變！」

他們把若瑟拖下舢舨，大家擠成一團，每個都想搶先跟若瑟抱抱。他們擁抱著，開心快樂、興奮無比、百分滿足。

小天使們跟若瑟道別時，説：「我們是好朋友，即使天涯海角，也會永遠惦記你、關心你。」

看著小天使們離開的背影，若瑟知道，從此刻開始，他永遠不會孤單，因為他的心底住了十多個小天使，還有與他們擁抱在一起的溫暖記憶，這記憶就像穩固的底座，安定了他的心。

14 擺渡人變成人

若瑟在這個渡口擔任擺渡人，一天又一天、一季又一季、一年又一年。因為他沒有家，也沒有親人，所以他從來不曾請假，不曾缺席，即使颱風來襲、寒流籠罩，他都在渡口等待。

這些年，若瑟跟灰毛兒老獾的幾個朋友——水鼠、鼴鼠和蛤蟆，都成為好朋友。

在附近種田、種菜和種水果的人，本來都是自己划著小舢舨渡河，自從若瑟扛下擺渡人工作之後，他們也樂得輕鬆，都搭若瑟的小舢舨渡河。

這些純樸的農夫看見透明的若瑟並不害怕，只是很好奇，常常趁著給他一束美麗小花、幾顆水果、一袋麵包……當做酬勞的時候，藉機偷摸他的手，當他們發現若瑟水晶一般透明的手，觸感居然像真人的手一樣柔軟時，都很驚訝！

有個笑聲爽朗、個性開朗的女生，她是勤奮的果農，常常挑著一大簍水果，坐若瑟的小舢舨過河。記得她第一次搭他的船，上岸之後，雙手一攤，說：「我什麼禮物也沒帶，送你幾個水果和溫暖的擁抱好了。」

她二話不說，給若瑟一個大大的擁抱，她的力氣很大，緊緊抱住若瑟，害若瑟臉紅好久，開心一整天。

之後她和她的家人，爺爺、奶奶、爸爸、媽媽、先生和五個孩子，每次搭擺渡人的小舢舨渡河，除了酬勞之外，總會給他幾個水果和溫暖的擁抱。

接著，附近的每一位農夫要搭渡船的時候，都會仿效他們一家的做法，送給若瑟一個溫暖的擁抱，還有一些蔬菜、水果、饅頭、包子……。

灰毛兒老獾、水鼠、鼴鼠和蛤蟆，都知道人類會擁抱若瑟，偶爾也有想要擁抱若瑟的念頭，但是他們從來沒有付諸行動。

每次若瑟被這些熱情的人們擁抱過後，身體就會發生一些變化：他長高了、長壯了，兩眼炯炯有神、笑容燦爛，皮膚變黑了，一頭褐色鬈髮濃密捲翹，非常迷人。

以前若瑟並不需要吃東西，現在他的胃口好得很，不吃東西就沒

力氣划船。他已經脱胎換骨，慢慢變成真的人。日復一日、年復一年，若瑟在渡口，渡人、渡動物、也渡緣分。

時間慢慢走過，若瑟的衣服小了、舊了、破了，農夫搭船渡河時就會送他合身的新行頭。

若瑟的紅色棒球帽也舊了，邊緣都已經起毛，甚至脱線，孩子們送給他嶄新帥氣的棒球帽，若瑟開心收下，卻還是戴著他的舊帽子，因為那是他的女孩從自己頭上拿下來送給他的，他要永遠戴著，就像戴著光榮的桂冠。

每一天，若瑟都有離開的念頭，但他擔心萬一沒人願意接下擺渡人的工作，灰毛兒老獾和他的朋友們要渡河的話，可得從上游繞遠路，走上一天一夜，太辛苦了。

讓若瑟留下來的真正原因，是他擔心，如果有一天，他的女孩來到這個渡口要渡河，卻找不到擺渡人！

他不能讓他的女孩，看著空蕩蕩的小舢舨，卻無法渡河。

15 小番茄和黃毛精靈

有一個圖畫書插畫家，她畫過二十一本圖畫書，每一本都很暢銷，每一本都從她的家鄉賣到世界上好多國家，聽說，連北歐森林中的矮人國也出版了一本她的書。

插畫家認真畫著每一本書，她常說：「我最棒的作品，就是我現在正在畫的這本書。」

插畫家勤奮作畫，靈感一來，她會忘了吃飯睡覺，夜以繼日不停作畫；靈感枯竭的時候，她會毫不猶豫的丟開畫筆和畫紙，出門去逛逛市集，在雞鴨魚肉和青菜蘿蔔中，把繪畫靈感揪出來。

有一年夏天，太陽的脾氣特別壞，動不動就跺腳，把滿天白雲震到十萬八千里外，蔚藍青天被火熱的太陽霸占著，插畫家待在畫室大烤箱，烤得頭昏腦脹、渾身是汗。

她正在畫關於精靈的圖畫書，但烤箱般的畫室，烤得她心情好煩躁，筆下的精靈也都露出一副快要被烤焦的可憐相，嚷著要插畫家幫他畫一臺冷氣機。

插畫家無法想像精靈一邊在森林中奔跑，一邊吹冷氣的畫面，更不知道該把冷氣機裝在哪棵樹上。她放下畫筆，把精靈收進抽屜避暑，決定去市集走走，尋找畫畫的靈感。

插畫家撐著紅色小陽傘，在市集東晃西逛，突然聽到有人大聲説話：「唉唷喂呀！你們都市裡的老鼠怎麼這麼大隻，還不怕人，光天化日在馬路上跑，嚇死人啊！」

插畫家被「唉唷喂呀」幾個字吸引，別過頭去張望，原來是水果攤「日日甜水果世界」左邊，一位賣水果的小攤販，她的手裡還拿著膠鞋，準備用膠鞋丟老鼠！

插畫家發現這位小攤販的攤子上只有一種水果——小番茄。她收起小陽傘，躲進番茄小販那把大大的遮陽傘下，問：「老闆你好，你叫什麼名字？從哪裡來的？怎麼你只賣小番茄呀？」

番茄小販不介意插畫家這麼大剌剌的問她的名字，笑嘻嘻的回答：「我叫『阿枝』，從山豬鄉來的，大家都叫我『賣番

茄的阿枝』。請問你貴姓大名？你是做什麼的？」

阿枝比插畫家還厲害，不但大方的回答問題，也緊迫盯人問起插畫家的職業。

插畫家回答：「我叫做『唉唷喂呀』，我畫圖畫書。老闆娘，你竟敢在『日日甜水果世界』旁邊擺攤賣小番茄，不怕老闆斜眼瞪你、不怕沒生意？」

阿枝露出小虎牙，笑著說：「你長得這麼秀氣、這麼漂亮，怎麼會叫做『唉唷喂呀』？真會開玩笑。」

插畫家說：「你也可以叫我的英文名字『伊莉莎白』啦！」

阿枝說：「美女要配好名字，伊莉莎白這個名字不錯。我告訴你，我家的番茄，是用天上落下來的天水澆灌，用山豬鄉肥沃的泥土種植，用我們一家人的愛心栽培，全世界第一好吃的小番茄，我只怕不夠賣，根本不怕沒生意。」

阿枝指著「日日甜水果世界」的老闆說：「這位老闆叫做『蛋頭』，你看他的頭型像不像顆雞蛋？他是我的好朋友，不但不會斜眼瞪我，中午還請我吃午餐，下午也會請我喝下午茶。」

插畫家仔細觀察「日日甜水果世界」的老闆，頭型果真像顆雞蛋，太有趣了！

插畫家請阿枝幫她裝滿一盒好吃的小番茄，又繼續跟阿枝聊天。

阿枝說：「我們全家人都喜歡吃番茄，我家在山豬鄉有個番茄園，改天你來山豬鄉玩，我們帶你參觀番茄園，可以邊採番茄邊欣賞風景，心曠神怡啊！」

插畫家說：「好好好，我喜歡旅行，哪天我到山豬鄉，一定會去你們家的番茄園參觀。」

阿枝神祕兮兮的說：「要到我家農園，得先渡河。渡口有個奇妙的擺渡人，他肯定會帶給你滿滿的靈感！」

插畫家說：「奇妙的擺渡人？聽起來很有意思，改天我一定要去看看。」

插畫家回到畫室，把小番茄洗乾淨，拿到畫圖桌上，一面畫圖，一面吃小番茄，一面想著阿枝說的那個擺渡人。

從山豬鄉來的小番茄果真好吃，甜蜜多汁，還有淡淡梅子香氣，插畫家連吃十幾顆，彷彿來到山豬鄉的番茄園，在美麗景色激盪之下，創意源源不斷。

新鮮橙紅的小番茄帶著渾身香氣，鑽進她的鼻子，豐沛的靈感也衝進她的腦袋。

插畫家把原本快被豔陽烤乾、懨懨一息的精靈，畫得精神抖擻、渾身是勁。

精靈的精神回來了，就願意跟插畫家配合，乖乖擺出插畫家要他擺的姿勢，偶爾也委婉的提出建議，於是插畫家很快的完成她的第二十二本圖畫書──《喜歡抱抱的黃毛精靈》。

16 釋迦和快樂獅子王

秋天來臨，插畫家正在畫「獅子王」。

天空小姐好愛哭，有事沒事就灑落細細雨絲，惹得多愁善感的插畫家也陪著天空小姐一起傷心，鹹鹹的淚水落在獅子王頭上，把獅子王帥氣的鬃毛弄亂。獅子王氣得大吼大叫，在草原上亂跑一氣！

插畫家理不清心中的惆悵，也管不住狂野的獅子王，搖搖頭，把鬧脾氣的獅子王收進抽屜裡冷靜一下，決定去市集走走，尋找畫畫的靈感。

插畫家撐著藍色小雨傘，在市集東逛西晃，在「日日甜水果世

界」右邊，發現一位賣水果的小攤販，這位小攤販的攤子上只有一種水果——釋迦。

插畫家覺得眼前的景象有點熟悉，她收起小雨傘，躲進釋迦小販大大的雨傘下。

她問小販說：「老闆你好，請問你貴姓大名？從哪裡來的？你怎麼只賣釋迦？」

釋迦小販笑嘻嘻的說：「我叫做『阿飛』，從山豬鄉來的，大家都叫我『賣釋迦的阿飛』。」

插畫家露出不可置信的表情說：「難道你是阿枝的先生？你們家在山豬鄉有個番茄園？」

阿飛笑呵呵，摸摸大光頭說：「是啊！我是阿枝的先生，我家在山豬鄉有個番茄園。我們全家人都喜歡吃釋迦，我們家也有個釋迦園。你是『唉唷喂呀圖畫書小姐』，對不對？」

唉唷喂呀圖畫書小姐？插畫家驚訝得嘴巴都闔不攏，說：「你怎麼會知道？」

阿飛說：「我太太跟我說過你，買水果還要問老闆名字的人，只有你一個！哈哈哈！」

插畫家對阿飛露出燦爛的笑容，說：「我敢打賭，你家的釋迦，是用天上落下來的天水澆灌，用山豬鄉肥沃的泥土種植，用你們一家人的愛心栽培，對吧？」

阿飛笑呵呵的說：「沒錯！我們家的釋迦，是全世界最好吃的釋迦！改天你一定要來山豬鄉，我們帶你參觀番茄園和釋迦園。」

插畫家點點頭說：「好好好，我喜歡旅行，哪天我到山豬鄉，一定會去你們家的番茄園和釋迦園參觀。」

插畫家買了幾顆大大的釋迦，阿飛秤好釋迦，收了錢，突然問插畫家，知不知道哪裡有賣紅色的棒球帽，帽舌要夠長，前面還要繡一個英文字母「E」。

插畫家表情有點詫異，她問：「為什麼一定要買這樣的棒球帽？英文字母『E』代表什麼特殊意義？」

阿飛說：「我家附近那個擺渡人，堅持只戴那頂用了好多年的破爛帽子，我想買頂一模一樣的帽子給他，讓他替換。」

插畫家說：「你可以買一頂紅色棒球帽，再請繡學號的店家幫你繡好啊。」

阿飛點點頭，感謝插畫家提供的好意見。

插畫家帶著釋迦回到畫室，把釋迦洗乾淨，拿到畫圖桌上，一面畫圖，一面用小湯匙吃釋迦，一面想著阿飛說的那個擺渡人堅持戴一頂破爛棒球帽的事。

從山豬鄉來的釋迦，籽兒小、果肉香甜綿密，很好吃。

插畫家閉上眼睛細細品嘗，釋迦果肉在她的唇齒間滑動，她彷彿看得見漫山遍野的釋迦樹，隨風搖曳，沐浴在秋風中的釋迦果，渾身上下充滿了精神，也把豐沛的靈感送給她。

插畫家把獅子王叫出來，先把他的鬃毛輕輕梳開，再幫他設計了一頭酷炫帥氣的新髮型，獅子王照照鏡子，覺得自己的模樣好帥，開心的在草原上跳來蹦去。

獅子王鼎力相助，插畫家很快就完成她的第二十三本圖畫書——《草原上的快樂獅子王》。

17 栗子和童話老仙婆

秋天才剛結束，冬天就迫不及待趕來接班。插畫家正在編織「童話老仙婆」的故事，北風卻凶巴巴的敲著她家窗子，發出惱人的噪音。寒冷的氣息從窗縫中鑽進來，讓插畫家的手腳和靈感通通縮成小小一球，硬梆梆的沒有作用。

插畫家連續畫了十多張童話老仙婆的模樣，可是童話老仙婆都不喜歡。她要插畫家把她畫成大美女，不然，畫成美麗公主也行。

插畫家沒法想像童話老仙婆跟大美女或美麗公主合體的畫面，她把鬧脾氣的童話老仙婆關進抽屜，決定去市集走走，尋找畫畫的靈感。

插畫家裹上厚厚的羽絨衣出門，在市集胡亂逛、隨便晃，在「日日甜水果世界」前面，發現阿枝和阿飛同心協力照顧著攤位，他們倆今天賣的是香噴噴的糖炒栗子。

插畫家上前招呼：「阿枝和阿飛，好久不見！你們好厲害！不但會種番茄、種釋迦，還會種栗子！你們兩個是神仙嗎？會變魔術嗎？」

阿枝笑嘻嘻的，露出小虎牙說：「唉唷喂呀伊莉莎白小姐你好。說我們是神仙、會變魔術，不如說我們山豬鄉的空氣好、土地好，不但可以種番茄、種釋迦，還可以種栗子樹。」

阿飛也說：「我們家山上有一片栗子樹林，我們家的栗子樹，是用天上落下來的天水澆灌，用山豬鄉肥沃的泥土培植，用我們一家人的愛心栽培，是全世界最好吃的栗子！」

插畫家點點頭：「我相信你們家的栗子，一定是全世界最好吃的栗子，請幫我裝一斤栗子。」

阿枝說：「好好好，你要一顆心栗子，還是兩顆心栗子？」

插畫家問：「栗子也有心啊？什麼是一顆心栗子？什麼又是兩顆心栗子？」

阿飛說：「一顆栗子裡面只有一顆栗子仁兒，叫做『一顆心』；如果有兩顆栗子仁兒，就叫『兩顆心』。吃下一顆心栗子，就會心想事成；吃下兩顆心栗子，將會美夢成真。」

插畫家說：「小小一顆栗子，也有大大的學問！你們真會說故事，我要心想事成，也想要夢想成真。」

阿飛幫插畫家秤了半斤一顆心栗子，和半斤兩顆心栗子。

插畫家趁機問他：「你真的買到繡著『E』的棒球帽啦！怎麼自己戴著，沒送給擺渡人呢？」

阿飛說：「他堅持不收！說他只戴那頂有特殊意義的帽子，真是頑固。他不戴，我戴。」

阿枝岔開話題說：「我兒子幫我買了你的圖畫書，很好看！」

插畫家聽了，露出開心的笑容，卻又靦腆的說：「隨便畫畫，沒什麼了不起，你們隨便看看就好啦！」

阿枝把插畫家的手拉過來，阿枝的手又大又溫暖，她說：「要有信心，勇敢說出自己的好。我看你的書，明明就很用心、很認真，畫得很好，不該說你是隨便畫畫，這樣不好，那本書會傷心難過，銷路會不好，銷路不好的話，就會有很多孩子看不到那本可愛的書。」

插畫家被阿枝一說，臉紅了。她點點頭說：「好！我會改進，克服自己的缺點。」

阿飛把包好的栗子交給插畫家，說：「插畫家小姐，我太太就是雞婆愛管閒事，你不要生她的氣。她很喜歡看你的圖畫書，她說，你的圖畫書是……。」

阿枝把話頭搶過來：「我說，你的圖畫書有全世界最棒的創意、全世界最好的設計，是全世界第一好看的圖畫書！要不要邀請我們去你的畫室參觀？我想知道這麼好看的圖畫書，是在怎樣的畫室裡面畫的。」

插畫家笑著說：「好啊！歡迎你們來參觀，現在就去？」

阿枝和阿飛笑呵呵的說：「現在不行，栗子還沒賣完，改天再說！」

阿枝遞給插畫家一張名片，要她有空到山豬鄉的農園玩。

插畫家接下名片，匆匆看了一眼，承諾阿飛和阿枝，說她喜歡旅行，哪天有空到山豬鄉去玩，一定會去天使農園拜訪。

插畫家告別阿飛和阿枝，回到畫室，把栗子擺在畫圖桌上，一面畫圖，一面啃栗子，

一面思索那頂有特殊意義的棒球帽。

鬆軟甜綿的栗子在嘴巴裡融化。阿飛和阿枝不但會種栗子，也會講故事，吃了一顆心栗子會心想事成、吃了兩顆心栗子會夢想成真，把整袋栗子吃光光，不就有了好幾十顆心？不就可以把童話老仙婆的小心願都實現了嗎？

插畫家渾身上下被愛心栗子灌飽了愛，她提起筆，給童話老仙婆換上心形臉，讓她長得比大美女還美、比美麗公主還漂亮，讓她開懷大笑。

插畫家心中的暖意感染了童話老仙婆，讓原本冷若冰霜、脾氣古怪的童話老仙婆乖乖聽話，還提出很多很棒的意見，插畫家很快的完成她的第二十四本圖畫書——《喜歡吃栗子的童話老仙婆》。

聽說，這三本新書，也從她的家鄉賣到世界上好多國家，不但北歐的矮人國搶著要出版，連住在天坑的神祕長腳巨人也很有興趣，買了一百多本。

18 除夕慶功宴

除夕那天，插畫家把喜歡抱抱的黃毛精靈、草原上的快樂獅子王，和童話老仙婆請出來吃年夜飯，舉行慶功宴，熱烈慶祝三本新書大賣！

插畫家舉起汽水杯，對大家致詞：「感謝你們三位大力配合，讓我今年如願畫出三本很棒的圖畫書。」

黃毛精靈謙虛的說：「哪裡哪裡，我只是分享了你桌上的小番茄。那些小番茄真是好吃，又香又甜，吃下肚之後，心情超好，你叫我做什麼動作，我都願意配合！」

快樂獅子王也說：「是啊是啊！你在畫我的時候，剛好在吃釋迦，那種水果真是帝王美食！雖然我是肉食動物，不吃肉就會四肢無力，但是我也分享了一些，當作飯後水果。那些釋迦香甜又迷人，吃下肚之後，心情超好，你叫我做什麼動作、擺什麼姿勢，我都百分百配合！」

黃毛精靈說：「你學我講話！」

獅子王說：「當然啦！你講的話又好聽又有學問，學一下又不會掉三根毛。」

童話老仙婆也同意這樣的說法：「我吃的栗子才真是好吃，香氣濃郁、口感綿密，吃下肚之後，心情超好，你叫我做什麼動作、擺什麼姿勢，我都無條件配合！」

插畫家笑著說：「大家都變成學舌鳥啦！感謝你們三個鼓勵我，謝謝你們，我們乾杯！」

黃毛精靈敲敲杯子，說：「我要特別感謝阿枝，她是可愛的天使，給我們帶來好吃的小番茄。」

獅子王也說：「感謝阿飛，他是英俊帥氣的天使，給我們帶來好吃的釋迦。」

童話老仙婆接著說：「感謝阿枝和阿飛，他們是充滿愛心的天使，給我們帶來好吃的一顆心和兩顆心栗子，和滿滿的創意。」

插畫家說：「感謝他們兩位，要不是他們，我哪裡會有靈感？哪裡畫得出這三本圖畫書？我得把他們給我的名片找出來，去拜訪他們，親自跟他們說謝謝。」

插畫家找出名片，念出上面寫的字：

天使農園

山豬鄉狸貓村朱槿盛開巷33號

專營項目：小番茄、釋迦、栗子、靈感

插畫家感到疑惑，手上這張名片怎麼跟當初剛拿到的時候，看見的內容不一樣？

專營項目什麼時候多了靈感這一項？靈感這兩個字，什麼時候浮出名片來的？

她再度看了看名片，光是「朱槿盛開巷」這幾個字，就可以讓富有想像力和創造力的插畫家，編出好幾本圖畫書了。

插畫家在心底放了一個小祕密，她也想去看看那個神祕的擺渡人，那個堅持戴著破爛紅色棒球帽的擺渡人。

她把名片放進背包前面的小口袋，跟地圖和悠遊卡貼在一起，繼續開心吃喝、說說笑笑，共享美好的除夕慶功宴。

大年初三，插畫家背起行囊、搭上公車，搖搖晃晃往山豬鄉出發。

19 踏上旅程

插畫家先是搭乘火車來到山豬鄉，在山豬鄉長開的咖啡館吃午餐。午餐的菜單很特別，前菜是刺蔥佐溏心蛋，主菜是香煎松阪豬排，南瓜濃湯非常美味，飯後水果是小番茄和火龍果。

插畫家吃小番茄的時候，嘗到熟悉的滋味，她端著小番茄，溜進廚房問廚師：「你叫什麼名字？你這盤小番茄該不會是阿飛和阿枝種的吧？」

廚師挑挑眉毛說：「我叫做『吉米』，你很內行喔！你說的對，不是天使農園的水果，我不擺上客人的餐桌。」

插畫家也挑挑眉毛說：「你說對了，我是內行的吃貨，只有天使農園的水果，能讓我千里迢迢跑來這裡。」

廚師遇到識貨的插畫家，兩個一拍即合，聊得好開心。

廚師問：「你還沒跟我說你是哪位？」

插畫家說：「我叫做『唉唷喂呀』！」

廚師瞪大眼睛說：「你是唉唷喂呀圖畫書小姐！阿枝把你的圖畫書送給我，我孫女每天都看！你太厲害了。」他又從菜櫥端出幾碟可口的小菜請插畫家品嘗，都是新鮮美味的在地菜餚。

插畫家從來沒想到她的圖畫書可以換到精緻可口的小菜，開心得不得了。

吃飽喝足，插畫家告辭熱情的廚師，搭上往狸貓村的公車。車上擠滿乘客，他們個性開朗，喜歡說笑話，更愛唱山歌，一路上唱個不停。

公車在山路轉呀轉、繞呀繞，乘客一個一個陸續下車之後，只剩下插畫家一個人，司機問她：「你要到哪裡？」

插畫家說：「我要到狸貓村朱槿盛開巷33號。」

司機一聽，立刻緊急煞車，車齡不可考的公車煞車聲，就像野豬發出淒厲的尖叫，把窩在背包裡的黃毛精靈、快樂獅子王和童話老仙婆，嚇得紛紛探頭出來，看看到底發生什麼事？

「小姐，你要去朱槿盛開巷，前兩站就要下車了，怎麼現在才跟我講啊！」司機一臉抱怨。

插畫家說：「剛剛那位大嬸在唱歌，我不好意思打擾她。」

司機說：「杏仁婆婆唱歌像是火雞鬼叫，你應該打斷她的。我跟你講，你現在下車，沿著剛剛開過來的路往回走，回到渡頭站，穿過菟絲子小路，坐渡船過河，再走半小時就到了。」

插畫家點點頭，跟司機說再見，下車後，沿著馬路往回走。才走十分鐘，她就停下腳步。

前面有兩條岔路，而她不記得剛剛是從哪條路來的。

黃毛精靈爬出背包，跳上她的肩膀坐好，說：「我認為是左邊那條路，因為那條路聞起來味道比較香。」

插畫家說：「好吧！反正我也不知道該走哪條路，就這麼決定，香的路總比臭的路好。」

沿著左邊的岔路走了十幾分鐘之後，又看見三條岔路！

獅子王也爬出背包，趴在插畫家肩膀上給她出主意：「我們當大王的，遇見岔路，都走中間那條。」

插畫家說：「你們當大王的就愛指揮人。好吧！我們走中間這條岔路，走錯方向，大不了走回來等傍晚的公車下山！」

沿著中間那條路走了十幾分鐘之後，居然又看見兩條岔路！

「這是怎麼回事？全世界的岔路，今天都齊聚一堂來為難我們嗎？想去天使農園有那麼困難嗎？」童話老仙婆從背包伸出頭來，發出哀嚎！

插畫家沒說話，安靜傾聽，說：「我聽到右邊岔路傳來河流的聲音，剛剛司機先生說往回走到渡頭站，既然有渡頭，就有河水，就有水聲。」

黃毛精靈、快樂獅子王和童話老仙婆都同意，他們決定沿著右邊那條岔路，往河邊走去。

20 渡船頭與愛重逢

走了好一會兒，河水的聲音愈發清楚了，插畫家加快腳步，來到河邊。

河面寬闊，河水清澈，岸邊有個小渡口，一艘小舢舨泊在渡頭，擺渡人躺在河畔草地上，看他的樣子好像在睡覺。

插畫家走到擺渡人旁邊，等著。

若瑟本來正看著天上的雲發呆，突然眼簾中出現一個人，是一個美麗的女生！

若瑟坐起來，看著她說：「你們要渡河嗎？」

插畫家說：「不好意思，我要問路。」

若瑟盯著插畫家，問：「你們問什麼路？」

插畫家說：「請問天使農園往哪裡走？」

她把名片拿給擺渡人看，若瑟接過名片的時候，兩個人的大拇指碰在一起，一陣觸電的感覺，讓他暈眩了幾秒鐘。

這是怎麼一回事？這個漂亮的女生，以前好像看過？他想了老半天，卻什麼都想不起來。

若瑟看著名片上的地址，山豬鄉狸貓村朱槿盛開巷33號，是喜歡擁抱的熱情果農他們家！

若瑟說：「朱槿盛開巷33號在河對岸，你們都要渡河嗎？」

插畫家說：「你一直說我們幾個，可是我只有一個人哪！」

若瑟說：「我說的是你和你的背上那三個可愛的小朋友！」

「你看得見他們？」插畫家好驚訝！

黃毛精靈、快樂獅子王和童話老仙婆，是插畫家創造出來的圖畫書主角，屬於想像世界，一般人看不見的。這個陌生的擺渡人，居然看得見他們！真是不可思議。

若瑟才不分什麼現實世界和想像世界呢，只要有趣可愛、只要真心誠意，他都看得見，也樂於看見。

若瑟說：「要到朱槿盛開巷33號就得渡河。你們想渡河呢？還是想坐下來，聽我慢慢講，為什麼看得見他們三個？我的時間很多，可以慢慢說、慢慢晃。」

插畫家說：「我們要渡河，邊渡河邊聽你講故事。你可以帶我們渡河嗎？」

若瑟站起來，拍拍屁股，說：「『我』沒辦法帶你們渡河，但是我的小舢舨可以，跟我來。」

若瑟在前面帶路，插畫家在後面跟著，她看著擺渡人把一頂紅色棒球帽戴在頭上。

這頂紅色棒球帽，這個擺渡人不知道戴了幾年，邊緣都脫線起毛，有幾個地方已經薄得快要破洞了。

經過一處凹凸不平的地方，若瑟回頭笑了一下，叫他們幾個小心腳下，插畫家看見帽子前面繡的「E」字，更是嚴重起毛。

插畫家問：「你的棒球帽很特別，哪裡買的？」

若瑟回過頭來說：「這頂棒球帽有特殊的意義，外面買不到。」

插畫家問：「什麼特殊的意義？是某次擺渡大賽的冠軍帽嗎？」

若瑟擺擺手說：「沒有什麼擺渡大賽，冠軍帽一點也不稀奇。這是很多年前，一位特別的朋友，從她的頭上脫下來，親手為我戴上的友誼之帽。」

插畫家聽了他的回答，停下腳步，站著不動。

若瑟走了好一會兒，聽不到身後的腳步聲，才發現他們四個遠遠落在後面。

他對著他們招招手，要他們快快跟上。

21 你是我的小天使嗎？

插畫家把手放在眉前，為眼睛搭起一座小帳篷，擋住刺眼的陽光。她問：「你是住在廢棄花園的工具房、我的小天使，若瑟嗎？」

童話老仙婆爬到插畫家衣領上，大聲問她：「這個皮膚黑黑的擺渡人，是你的小天使若瑟？是你小時候遇到的，那個黏土做成的小天使若瑟？」

獅子王爬到她肩膀上，大聲問她：「這個身材高大的擺渡人，是你的小天使若瑟？是那個你好喜歡好喜歡，還幫他取好聽名字的小天使若瑟？」

黃毛精靈也爬到插畫家頭上，大聲問她：「他是你最愛的那個小天使若瑟？你一直放在記憶深處的小天使若瑟？」

插畫家忍住淚，深深吸了一大口氣，又連續呼出幾口氣，說：「不對，我的小天使若瑟，是黏土塑成、身材矮小、臉孔迷人可愛，可是……。」

若瑟看著插畫家說：「可是怎樣？」

插畫家說：「不可能，你不是我的小天使若瑟，你是真人，而且是大人，皮膚黝黑、身材高壯的大人。我的小天使是黏土捏塑的孩子，兩個翅膀還被我弄斷了。」

若瑟轉過身去，說：「你摸摸我的背，翅膀斷掉的地方，還是凹凸不平。」

插畫家讓黃毛精靈、獅子王和童話老仙婆到旁邊玩耍，他們三個乖乖聽話，跳下地，卻沒走開，偷偷跟著插畫家。

插畫家往前走，走到若瑟身後，觸摸他的背，摸到了翅膀斷裂處，凹凸不平的痕跡！

若瑟轉過身子，笑著說：「送這頂紅色棒球帽給我的女孩對我很好，很照顧我，她不是故意弄斷我的翅膀，她還安慰我，說我從來沒有用過這對翅膀……。」

插畫家接著說：「那個壞女孩還對你說，你不曾在天空飛翔過，失去翅膀應該不會太難過。」

若瑟說：「她不壞，她是我的女孩，她曾經為我掉淚，是她的淚水給了我新生命。你就是那個女孩，你長大了。」

插畫家拉住若瑟的手說：「你是我的小天使若瑟，你也長大了。可是，我想不通，你怎麼會變成真人？怎麼會長大？我不是在作夢吧？」

若瑟搖搖頭，說：「不是夢，是真實的、有奇蹟的真實世界。你呢？你從沒說過你的名字。」

插畫家說：「我叫做『艾幼葦』，大家都叫我『唉唷喂呀』，畫圖畫書的時候，我的筆名叫做『伊莉莎白』。」

若瑟說：「帽子上的『E』？」

伊莉莎白說：「沒錯！帽子上的『E』就是伊莉莎白的第一個字母。」

若瑟說：「這樣一來全都講清楚了。走吧，我帶你們渡河，再把

我們分別之後發生的所有故事，慢慢說給你聽。」

他們倆的臉愈來愈靠近，伊莉莎白把若瑟擁入懷中，若瑟也抱緊她，重逢的感覺真好，擁抱的力量好奇妙。

黃毛精靈、快樂獅子王和童話老仙婆來到他們身邊，一邊跳一邊說：「羞羞臉，女生愛男生！羞羞臉，男生愛女生！」

伊莉莎白把若瑟放開，說：「你是我的小天使，我最愛的小天使，以前我太小，不知道怎樣愛你；現在我長大了，知道該怎樣愛你了！」

若瑟說：「你要怎樣愛我？」

伊莉莎白說：「你是我的天使，我要用愛天使男孩的方式愛你。」

若瑟也說：「你是我的女孩，我要用愛女孩的方式愛你。」

黃毛精靈、快樂獅子王和童話老仙婆，三個在一旁聽了，也接下一句話：「看來，不只我們三個是學舌鳥，你們兩個也是。哈哈哈！笑別人就是笑自己。」

伊莉莎白說：「不准笑，誰敢笑我們，就不能跟我們一起渡河！」

黃毛精靈、快樂獅子王和童話老仙婆放開腳步，尖叫著、跑著，搶先跳上小舢舨，若瑟牽著伊莉莎白慢慢走，也上了小舢舨。

若瑟突然又跳下小舢舨，邊往岸邊小屋跑去，邊說：「別擔心，我去拿我的包袱。」

若瑟從簡陋的岸邊小屋拿來一個粗布包袱，跳上小舢舨，說：「走吧！過河去。」

22 上岸

若瑟把小舢舨駛離岸邊，往對岸緩緩出發。伊莉莎白說：「黏土捏塑的你，怎麼會長成大男孩，又怎麼會在渡船頭，當起擺渡人？」

黃毛精靈說：「你們慢慢講，我們慢慢聽。最好來一盤小番茄，邊吃邊聽才好。」

獅子王也搭腔：「對對對，慢慢仔細講，不要漏掉任何細節。我最愛聽故事配釋迦了。」

童話老仙婆也說：「沒錯，慢慢講、仔細講，我負責記錄。這次

不吃一顆心栗子了，一定要兩顆心栗子才行！」

若瑟和伊莉莎白異口同聲的說：「這是我們兩個的小祕密，只告訴對方，不告訴任何人。」

黃毛精靈、快樂獅子王和童話老仙婆，三個氣呼呼，不甘願的在小舢舨上耍賴、跺腳、跳躍，要不是若瑟划船技術好，小舢舨就會翻覆了。

伊莉莎白拍拍手，把他們三個收回背包，小舢舨上才恢復平靜。

若瑟和伊莉莎白微笑著、對望著，一切盡在不言中。

小舢舨抵達對岸，若瑟牽起伊莉莎白的手，一起下船，往「朱槿盛開巷33號」走去。

伊莉莎白問：「小舢舨怎麼辦？丟著不管好嗎？想過河沒渡船，

會不會天下大亂?」

若瑟說:「我還沒接下這艘小舢舨之前,大家還不是照樣過日子?灰毛兒老獾才是這條河的總管,他會有辦法的。」

伊莉莎白說:「灰毛兒老獾?聽起來像是童話故事才會有的角色,你一定要告訴我他的故事,還有你擔任擺渡人的事,我想把你經歷的一切畫成圖畫書。」

若瑟說:「還有小詩人走走寫詩給我,要我念給你聽嗎?」

伊莉莎白一聽到有專門寫給若瑟的詩,興奮得一刻都不願意等,她說:「我當然要聽!」

黃毛精靈、快樂獅子王和童話老仙婆從背包伸出頭來,他們三個也想聽詩。

雖然走走寫給他的那張卡片早就碎掉了，但是若瑟把詩印刻在腦袋裡。他看著伊莉莎白，大聲朗誦他練習了好多年的詩：

貓頭鷹的歌聲
是可愛女孩的呼喚
貓頭鷹的嘆息
是河水奔流永不消逝的祕密
貓頭鷹的低語
是可愛天使的親吻
貓頭鷹的祝福
是你凝視我的眼神

我來這裡遇見
比我更好的你
你在這裡等我
渡我過記憶的河流
相見永遠不會太晚
相知永遠不會
太遲
幸福也不會走得太遠

23 故事的結束就是開始

若瑟和伊莉莎白的背影消失在一大叢蘆葦後方時，灰毛兒老獾從渡口旁的蘆葦叢中冒出頭來。

他走上渡頭，看著空蕩蕩的小舢舨，感到失望又難過，一顆心被掏空一半。

一陣窸窸窣窣的聲音響起，他的三個朋友也陸陸續續從蘆葦叢中冒出來。

老獾對他們說：「我們的擺渡人戀愛了，不知該為他高興，還是為他難過？」

蛤蟆說：「我為他難過！離開我們，他一定不開心。」

水鼠說：「我為他高興。他在這裡當擺渡人，那麼多年過去，都是孤孤單單一個，他又不太説話，都是微笑著聽別人滔滔不絕的囉嗦。有漂亮的女孩愛他，我為他高興。想當初我跟我美麗的老婆……。」

鼴鼠說：「你老婆的事情已經講了一萬遍，不要再說了。我們的擺渡人出缺了，你們還在爭論開心難過的小問題、講老掉牙的戀愛史，滿有閒情逸致的啊！」

水鼠說：「也許擺渡人只是暫時離開一下子，過幾天他又會回來渡我們過河，而且還帶著他美麗的女孩喔！」

老獾搖搖頭：「擺渡人自己蓋的那間小草房，簡陋又破舊，他一

個人住還可以，兩個人住太窄啦！」

蛤蟆說：「來來來，讓我擔負起擺渡人的重責大任，載你們大家過河！」

蛤蟆跳上小舢舨想要划船，其他三個衝上去按住他說：「還是讓水鼠來划吧！上次你划船，我們差點撞上岸邊的大石頭，好恐怖！」

噗通一聲，對岸有個誰跳進水裡，接著，一陣唏哩嘩啦的水聲響起，老獾低聲說著：「別吵，有個誰來了，安靜。」

他們四個躲進蘆葦叢中偷看，原來是一隻有著陌生臉孔的水獺，在河裡玩水。

過了一會兒，又有一隻水獺跳進水裡，兩隻水獺開心的在水裡玩耍。

蛤蟆說：「最近很流行男生愛女生！擺渡人和美麗的女孩才牽手離開，這兩隻水獺就來了，他們在玩戀愛接力賽嗎？好刺激喔！我最喜歡這樣的故事。」

兩隻水獺聽到奇怪的呱呱聲，警戒著、四下張望著。

老獾說：「小聲點，別吵他們，讓他們玩。如果他們倆愛上這裡，在河邊築巢，我就可以誘拐他們，讓他們當擺渡人。」

鼴鼠說：「他們是水獺，不是人，怎麼當擺渡人？」

老獾不為所動：「『擺渡人』這三個字是職稱，小天使若瑟可以當擺渡人，更早之前的水獺爺爺也是擺渡人，你們忘記水獺爺爺啦？把他拋在腦後啦？」

蛤蟆說：「我當然記得！說不定，這兩隻水獺是水獺爺爺的孫子，現在回來繼承衣缽，當擺渡人呢！」

水鼠說：「不太像孫子，可能是曾孫之類的。」

鼴鼠搖搖頭：「應該是曾孫女，而那是她帶回來的男朋友。」

灰毛兒老獾說：「孫子也好，曾孫女也罷，只要留下來當擺渡人就好。」

「希望他們永遠留下來。」蛤蟆說。

「希望他們學會划小舢舨，留下來當擺渡人，渡大家過河。」鼴鼠說。

兩隻水獺歡快的在河水中嬉戲，還繞到小舢舨旁邊玩耍。他們對小舢舨很好奇，一下子爬上去、一下子翻落水裡，開心無比。

蘆葦叢中四個朋友看得入神，小小的腦袋瓜，編織出許多對於未來的美好想像。

後記

一九九五年，我先後出版兩本從生肖成語發想的短篇童話集——《小野豬的玫瑰花》和《山羊巫師的魔藥》。

兩本書共十六篇童話，各自成篇，雖然故事場景都發生在紅森林，都由紅森林大王母老虎阿珍統管一切，但我認為該有一篇「領頭童話」來串場，把這幾個故事連接起來。

於是我寫了一篇〈泥菩薩過河〉，讓泥菩薩經過河水淘洗，變成透明「人」，在紅森林行走玩耍，觀察並且記錄紅森林中發生的故事。

二〇〇五年，我的插畫家妹妹家珠，從這兩本短篇童話集中挑選出十二篇故

事，重新創作《鼠牛虎兔》、《龍蛇馬羊》和《猴雞狗豬》三本書。〈泥菩薩過河〉因為不屬於生肖系列，就被落下了。

寫過的每篇童話都是我的珍寶，每個角色也都確實存在我的腦袋。不甘寂寞的魔術師、泥菩薩、小野兔和豬家四口，不時來找我商量，尋求重新登場的機會，即使是客串的角色也好。

於是，魔術師化身「好會變」；泥菩薩變成小天使；豬家四口因為喜感十足，仍然負責搞笑；小野兔明明會游泳卻在河流載浮載沉，因為他在其他故事有其他遭遇。

愛畫畫的小女孩，遇見還是黏土人的小天使，她愛他、關心他、跟他說話、與他分享生活中點點滴滴的感動，讓這個故事更完整，也讓這個世界更值得期待。

過去發生過的事、曾經相遇的人，即使被遺忘了，仍然存在你我心中，改變我們的現在與未來。把心中念念不忘的人事物化為文字，用想像與夢編織成故事。把生活寫成故事，在童話裡看見生活，是我寫作童話的目標。

只要用心，童話故事俯拾即是；童話世界就在身邊。

「童話如數家珍」系列中的《精靈的慢遞包裹》、《小可愛聖誕工廠》和《遇見我的天使男孩》，攜手組成「大頭珍浪漫童話三部曲」。

這三本短篇童話集，從生活中擷取童話素材；從喜怒哀樂中萃取童話情節；從溫馨的人際關係，打造感動我心的童話結局。

一次又一次的相遇，串成一個又一個的故事，有的甜美、有的苦澀，都是難以抹滅的曾經。

希望這本《遇見我的天使男孩》，帶給讀者美好的想像，掩卷之後，臉上漾著滿足的微笑。

國家圖書館出版品預行編目（CIP）資料

遇見我的天使男孩 / 王家珍著 ; 陳佳蕙繪 . -- 初版 . --
新北市 : 遠足文化事業股份有限公司字畝文化出版 :
遠足文化事業股份有限公司發行 , 2021.04
面； 公分
ISBN 978-986-5505-61-5（平裝）
863.596 110004177

XBWA0003
遇見我的天使男孩

作　　者：王家珍
繪　　者：陳佳蕙

字畝文化出版
社　　長：馮季眉｜編輯總監：周惠玲
編　　輯：戴鈺娟、陳曉慈、徐子茹｜特約編輯：洪　絹
美術設計：張簡至真

讀書共和國出版集團
社　　長：郭重興｜發行人暨出版總監：曾大福
業務平臺總經理：李雪麗｜業務平臺副總經理：李復民
實體通路協理：林詩富｜網路暨海外通路協理：張鑫峰｜特販通路協理：陳綺瑩
印務經理：黃禮賢｜印務主任：李孟儒
發　　行：遠足文化事業股份有限公司
地址：231 新北市新店區民權路 108-2 號 9 樓
電話：(02)2218-1417
傳真：(02)8667-1065
電子信箱：service@bookrep.com.tw
網址：www.bookrep.com.tw
郵撥帳號：19504465 遠足文化事業股份有限公司
客服專線：0800-221-029

法律顧問：華洋法律事務所　蘇文生律師
印　　製：中原造像股份有限公司

2021 年 4 月　初版一刷　　定價：320 元
ISBN 978-986-5505-61-5　書號：XBWA0003

EX LIBRIS

EX LIBRIS